乡愁

NOSTALGIA

余光中——著

余光中诗歌

上海文艺出版社

果麦文化 出品

余光中与夫人范我存，杨文卿摄于 2011 年

七十自喻

余光中

再長的江河終必要入海
河口那片三角洲
还要奔波多久才抵達？
只知道早就出了峡
回望一道道横斷山脈
關之不斷，阻之不絕
到此平緩已經是下游
多少支流一路來投奔
沙泥与歲月都已沉澱
寧靜的深夜，你听
河口隱隱傳來海嘯
而河源雪水初融
正滴成清細的涓涓
再長的江河終必要入海
河水不回頭，而河長在

余光中手稿

目录

五陵少年

天狼星

敲打乐

在冷战的年代

白玉苦瓜

与永恒拔河

隔水观音

紫荆赋

梦与地理

安石榴

五行无阻

高楼对海

藕神

太阳点名

舟子的悲歌

一九四四年，我开始念旧诗，偶然也写些绝句。三年前我的兴趣转移到英诗。也在那时，我开始认真地写新诗。

我觉得：影响我的新诗最大的还是英诗的启发，其次是旧诗的根底，最后才是新诗的观摩。

余光中

1952 年 3 月于台湾大学（摘录）

萨福投海

我站在高崖上，
再深深吸一口气，
向爱琴海和夜空
投最后的一瞥。

夜空是多么的崇高！
我再伸手也摸你不到！
一群灿烂的星星
把银河密密地围绕。

大海是多么的深奥！
有几千年的惊波怒涛？
那远处的一点渔火，
是谁还没有睡觉？

海风哟，别牵动我的头发，
海浪哟，别冲破我的思潮。

我再把菲昂的脸儿回忆，
把他的眼色再匆匆地一瞧。

星星不见了，
大海不叫了；
星去睡觉了，
海也睡着了；
菲昂，永别了！
希腊，再会了！

1948.10.31

扬子江船夫曲

—— 用四川音朗诵

我在扬子江的岸边歌唱，
歌声响遍了岸的两旁。
我抬起头来看一看东方，
初升的太阳是何等的雄壮！
嗨哟，嗨哟，
初升的太阳是何等的雄壮！

顺风时扯一张白帆，
把风儿装得满满；
上水来拉一根铁链，
把船儿背上青天！
嗨哟，嗨哟，
把船儿背上青天！

微笑的水面像一床摇篮，
水面的和风是母亲的手。
疯狂的浪头是一群野兽，

拿船儿驮起就走！
嗨哟，嗨哟，
拿船儿驮起就走！

一辈子在水上流浪，
我的家最是宽广：
早饭在叙府吃过，
晚饭到巴县再讲！
嗨哟，嗨哟，
晚饭到巴县再讲！

我在扬子江的岸边歌唱，
歌声响遍了岸的两旁。
我抬起头来看一看东方，
初升的太阳是何等的雄壮！
嗨哟，嗨哟，
初升的太阳是何等的雄壮！

1949.6.10

舟子的悲歌

一张破老的白帆
漏去了清风一半，
却引来海鸥两三。
荒寂的海上谁做伴？
啊！没有伴！没有伴！
除了黄昏一片云，
除了午夜一颗星，
除了心头一个影，
还有一卷惠特曼。

我心里有一首歌，
好久，好久
都不曾唱过。
今晚我敞开胸怀舱里卧，
不怕那海鸥偷笑我：

它那歌喉也差不多！

我唱起歌来大海你来和：
男低音是浪和波，
男高音是我。

昨夜，
月光在海上铺一条金路，
渡我的梦回到大陆。
在那淡淡的月光下，
仿佛，我瞥见脸色更淡的老母。
我发狂地跑上去，
（一颗童心在腔里欢舞！）
啊！何处是老母？
荒烟衰草丛里，有新坟无数！

1951.4.24

序诗

我原是晚生的浪漫诗人，
母亲是最幼的文艺女神；
她姐姐生了雪莱和济慈，
她生我完全是为了好胜。

1951.5.29

蓝色的羽毛

自从《舟子的悲歌》（第一本诗集）出版迄今，已有两年半了。在此两年半中，我变了很多。唯一不变的是我对于新诗的兴趣和信心：我无日不读英诗，而创作和翻译则始终未曾间断。在英诗方面，我的兴趣渐由十九世纪的作品转入二十世纪。

我坚信中国的新诗一定会有光荣的未来。目前我们最好的作品，比之欧美诗人的诗篇，并无若何逊色，我们没有自卑的理由。

余光中

1954 年 10 月于台北（摘录）

夜别

把你的眼睛向我的凑近，
让我再俯窥海面的星影。
哪来的潮水使星光模糊？
是你的，还是我的泪珠？

你耳畔的柔发游泳在风中，
月光又在你柔发上流动；
我灵魂随着那月光颤抖，
像一张落叶向秋树别后。

像新秧骤绿是夏雨初降，
初恋的嫩芽在泪里偷长。
等嫩芽变成了巨树苍苍，
种苗的纤手有谁知去向！

夜色溶尽你背影，隐隐
我听到天堂关门的声音。

5.4 夜

我是个没有织女的牛郎，
只留得悲歌的牧笛一管。

七夕 补

毛线衣

海伦原来是织女的孩子，
但是她不织云锦天衣；
在这凉风渐起的十月，
她寄我淡黄的毛衣一袭。

就在那毛线衣裳的袋里，
我抽出海伦的短信一封：
“但愿她代表你的海伦，
时时都把你抱在怀中。”

于是我把它穿在身上，
一阵温暖流入我心房；
一针针的毛线像是情丝，
织成了密密的一张情网。

从此我深深地堕在网里，
做一个俘虏，不想飞逃；

日日她紧紧地把我缠裹，

就像是海伦在将我拥抱。

1953.9.30

天国的夜市

从新月出发，我这一代开创了现代诗，正如新月诸贤从古典诗出发，而竟开创了新诗一样；这原是文学史发展的自然趋势。既然如此，也不用为自己的少作护短解嘲了。

余光中

1970年5月（摘录）

我不再哭泣

在那漫长的，失眠的夜里，
我不再哭泣，我不再哭泣。
在那漫长的，失眠的夜里，
当墙上壁虎那冷冷的目光
和我的沉郁的目光相遇；
当池畔的合唱已近尾声，
只余下独蛙在自言自语；
当萤虫擎一支昏黄的小烛，
像要把失落的记忆寻觅；
当蚊群舞倦了一夜芭蕾，
在破曙之前回去休息；
在那漫长的，失眠的夜里，
我不再，不再哭泣。
灵魂有过深，过深的伤痕，
不能用太烫的泪水浸润，
不能用太浅的泪水探测，
不能用太淡的泪水冲洗。

在那漫长的，失眠的夜里，

我不再，不再哭泣。

1954.4.25

批评家

他们说批评家是理发师：
　他把多余的剪光，
然后把余下的加以整理，
　用香膏沐得闪亮。

在奥古斯都和盛唐的时代，
　那情形应该是这样；
但如果进店的多半是秃子，
　我同情理发这一行。

1954.5.5

水手的日记

星期一我驶出你安静的深港，
心怯地，独立在船尾怅望。

星期二我回顾已不见陆地，
只有星，只有云，只有冬夕。

星期三我驶入险恶的远海，
暴风雨成群地向我袭来。

星期四有一只白鸥来绕船，
暗示我海岸已经不远。

星期五陆地已在望，孤篷
装满了一阵阵柔和的晚风。

星期六我重新驶入你臂弯，
把疲倦的灵魂泊在你唇岸。

回忆一星期所经历的流浪，

比尤里西斯的归途还悠长。

1954.12.20

钟

乳

石

《钟乳石》这本诗集，都是一九五七年四月以迄一九五八年九月间的作品。当时正值我的转变期，风格的变化很大。

生为现代中国的知识分子，我们的负担是双重的：我们用着后羿留给我们的第十轮日，我们的血管里流着黄帝和嫘祖的殷红；我们在一个亚热带的岛上用北回归线拉响了渺渺的乡愁。我们照着战争的火光读书、恋爱、写作，并且读同伴们脸上的寂寞。只有这一星可怜的光源了。我们庆幸一个恶魔之去，却发现另一个恶魔之来。

写诗对于我们不再是表演才子的浪漫姿态，以博取多情读者廉价的眼泪，更不是用什么僵硬的形式来表达"入情入理"的平庸意境，以赢得腐儒们空洞的掌声。对于我们，这些都太奢侈了。

我们写诗，只是一种存在的证明。

余光中

1960年2月（摘录）

羿射九日

屹立于泰山的最高峰，下临龟裂的茫茫九州，
背后是沸腾的黄河，煮一锅长蛟和巨鲸，
我拉开乌号的神弓，搭一枝棋卫的劲矢，
仰视九日，以清秋雄雕的眼睛。

凤凰已焚化，麒麟已渴死，彗星出没于白昼，
焦黑的丛树伸一千亿魔鬼痉挛的手掌。
我愤怒，我憎恨，我鄙视暴君群的太阳。
愤怒赋我以屠神的胆量；我竟敢
以一个凡人邀九尊火神来决斗，
以一箭要射落十分之一的宇宙，
不畏天谴，不畏焰狱的无期徒刑！

将英雄的意志托付给远征的箭，
它埋伏我怀中，一个欲与光竞赛的万米选手；
将战士的决心托付给不屈的弓，
它奋臂挣扎，要拉直我的命运之弦；

将反抗者的愤怒燃亮我仰视的眸；
九日喧哗着，急转如一群光之刺猬，刺我以白热的镖枪，
而又轰笑着，笑我即将如蝙蝠之全盲！

指的乍放，弦的骤直，箭的顿足而跃起，
九千三百万哩的距离向它的速度投降。
接着是宇宙的痉挛，天河的决堤，盘古的仓皇坐起，
一座神的倾倒，一个星的毁灭，
一阵陨石如红瀑布之哗然溅地！
女娲氏，炼更多的五色石去补天！
崦嵫山后埋九个太阳的尸体。
你看，箭壶空了，荡荡的太空也空了，
你看西方擎十万火把，为诸神举行葬礼。

然而这并非黄昏。转身向骚动的大海，
我振臂朝升起的第十个太阳狂呼：
“孤独的神啊，我留你照亮这世界，
我是神的叛徒，我是屠日士，我是后羿！”

1957.8.12

自三十七度出发

自三十七度出发，地心的吸力重了。
我如登陆于木星，骤增为二百七十四磅，
看十一个月在太空旋转。
站在白垩纪的活火山上，独自和恐龙群搏斗。
地球痉挛着，若行星之将出轨，
七色火在四周吐毒蟒的舌头。

群鬼哗变着，冲出地狱的大铁门，
而且鼓噪着，追逐于我的背后；
梦魇骑我，向大峡谷的悬崖狂奔。

只有灵魂亮着，屹立于回忆的海啸。
心的热带，摄氏四十度，白血球和红血球
在血巷中赛马。

最后，一切都归于沉寂。
宇宙如一只停了的表，我醒来，在白色的南极。

护士立在我身旁，一头胖胖的雌企鹅。
伸右鳍摸一摸扁平的躯体，
血冷了，我发现自己是一尾鱼。

1957.9.9

钟乳石

又是葡萄架顶悬着累累的夏，
往事，竟成串了——
被摘于异乡人微颤的手指，
仍是那怯紫色的酸涩，仍是
那不可企及的浑圆，那不可仰攀的
成熟，与完整，与甜。

今年的五月，一切依然如旧，
光辉依然存在，但火的灵魂已死。
也许我们已不再年轻，
也许我们已不再流行，
　　用心跳的次数计算下次约会的距离；
也许白鸟已射落，天鹅湖已枯干，
　　而小情人的红菱艳的鞋尖
　　也不再叮叮点过我的梦境。

逝了，邓肯，逝了，奥芬巴哈，
逝了，安娜·巴芙罗娃；

醒自疯狂的假面舞会，我们
发现自己在古典的林阴大道上散步。
而时间的长廊上充满了回音，
我们不得不轻轻地窃语，向一尊
　　残废了的美神的雕像。

而灵魂的花岗岩穴里有原始的雕刻，
以最初的怀念凿成。
擎起火把我们发现那被遗忘的
钟乳石与钟乳石，蛛网与蛛网……

而时间的长廊上充满了回音。

1958.5.6

招魂的短笛

魂兮归来，母亲啊，东方不可以久留，
　　诞生台风的热带海，
　　七月的北太平洋气压很低。
魂兮归来，母亲啊，南方不可以久留，
　　太阳火车的单行道，
　　七月的赤道炙行人的脚心。
魂兮归来，母亲啊，北方不可以久留，
　　驯鹿的白色王国，
　　七月里没有安息夜，只有白昼。
魂兮归来，母亲啊，异国不可以久留。

小小的骨灰匣梦寐在落地窗畔，
伴着你手栽的小植物们。
归来啊，母亲，来守你火后的小城。
春天来时，我将踏湿冷的清明路，
葬你于故乡的一个小坟，
葬你于江南，江南的一个小镇。
垂柳的垂发直垂到你的坟上，

等春天来时，你要做一个女孩子的梦，
　　梦见你的母亲。

而清明的路上，母亲啊，我的足印将深深，
柳树的长发上滴着雨，母亲啊，滴着我的回忆，
魂兮归来，母亲啊，来守这四方的空城。

1958.7.14

月台

站在一九五八年的第七号月台上；
铁轨战栗着，汽笛鸣着，
预言有车自永恒来，有车要驶向永恒。
站在生与死的平交道上，迷惘于
红灯与绿灯的轮回，长针与短针的旋转，迷惘于
摇篮里的哭声，与弥留榻上最后的叮咛，
黑袈裟的安魂弥撒，白衣天使长的佳音。

而铁轨战栗着，汽笛鸣着——
有人痴坐在世纪的菩提树下，看生之昙花
一瓣瓣落下，而骨灰遂扬尘。
当当，列车在出站，载母亲向永恒——
我的神话时代在缩小，缩入我泪的水晶球里。
谢谢你，母亲啊，你的恩典我永不忘记。
我们在我的哭声里见面，复在我的哭声里分手；
这相聚，为何竟短如穿插于两幕悲剧之间的
花衣小丑的杂耍？为何一切笑声

都必然失足，而溺毙于泪里？
当当，列车在进站，自永恒载来珊珊。
她以响亮的声音招呼我，而我，
我无声地向她凝望，恍如向一面魔镜
窥见自己神话的缩影——
她的瞳孔是两用的月形窗，嵌在两个世界交界的
墙上，而她在那面透视这世界，带着惊奇，
我在这面透视永恒，带着怅惘。

而红灯与绿灯轮回着，长针与短针同谋着
为每个旅客设计他命运的角度。
当当，列车在出站，灵魂客满着，
当当，列车在进站，灵魂客满着。

当我来时，母亲也曾在月台上接我，
当我去时，该有珊珊在月台上送我。
而列车出站，列车进站，汽笛在呼喊，
而月台永远是拥挤，列车永远是客满。

而泪的水晶球里，铁轨的双臂绝望地伸着，向虚无；
而站外是僵卧的旷野，是瞑目的黑夜，
无尽的风沙扑过来，自一个深邃的洞里……

1958.7.23

万圣节

《万圣节》中大部分的作品，如果读者能自立体派甚至抽象派的观点去读，将比较容易把握它们的精神。可是这些作品是诗，不是画；它们是一位诗人尝试以画家的敏感，而非以画家的手，写成的诗，与所谓“图画诗”并非表亲。全部抽象可能使诗与现实脱节，全部具体可能使诗落入自然主义。如果《万圣节》有什么存在的价值，如果它有什么权利让铅字在白纸上留点足迹，那便是这种抽象与具体之手法的交织了。

余光中

1960 年 3 月（摘录）

尘埃

独行于摩天大厦的阴影里，
我顿足复顿足，顿不掉太平洋对岸
带来的尘埃。顿不掉
那透过破履吻着我倦足的
尘埃。顿不掉
那混凝着异乡人的泪和母亲的骨灰的
尘埃。

而昂首的摩天大厦们不识我，
满街怒目的红灯不识我，
向秋风数着一片片死去的春的巨黑橡
也不识我。
而校园的幽径旁，曳尾窜过的小松鼠
亦以疑惑的小眼睛
打量我。

走过长桥，教堂的钟敲落清远的十二时。

长针和短针高擎着双臂，
欲接住北美洲瓜熟的太阳——
而此刻，祖国正是午夜……
大陆正是午夜……

而伍子胥的箫呢?
而申包胥的泪呢?

1958.10.14

当风来时

当风来时，我辄停步，
嗅有无中国海上的清芬，
而注入我东方肺叶的恒是
自爱斯基摩人的冰屋圆顶
与北极海豹的湿腻腻的背上
滑雪而来的
　　　　　　冷气。

零下的异国。我的日记里
有许多加不成晴朗的负数。
但冬的冰箱里，多藤的记忆
依然是绿色，并未冻毙。

1959.3.5

巴黎狂想曲（其二）

远来朝圣的少年立在蒙马特岗上
说高耸的铁塔歪了，像比萨斜塔
塞纳河上
兴尽的落日在洗他的画笔
遣散两世纪半的色彩，线条，光

新退休的杰作们在卢浮宫中
交换首展时小沙龙里的
许多酸鼻子的往事
而十八世纪的元老派却在懊悔
说不该用风湿病去买
金边框中局促的伟大
“宁可躺在从前的阁楼上
松松石灰质。”他们在咳嗽

立体派的丧礼行列经过时
路旁的咖啡座上

全部落的波希米亚族都起立了
看到毕加索的几何形巨棺
首展时骂他的小市民们
也恭敬地摘下自己的礼帽了

1959.3.7

我是很拉丁的

我是很拉丁的，
每年，有一次文艺复兴。
当春季来时，黑暗的立体
便被雷声炸成
许多恶魔的小碎片了。

有时，在同一个晴朗的
子宫里，竟然发育着
几个不能归类的
绿色的胎。

而我的派克小姐怎能
同时接生两个婴孩，
在第一声啼之前？
我是说，穿处女蓝
且斜戴白色的护士帽
的那位。

“难为您了，真是，Signorina。”
向她，鞠一个躬，非常
意大利式的。

1959.3.8

季节的变位

每一粒葡萄是一囊
完整的成熟季。

归时我当为你，携一粒
艾奥瓦的椭圆形之秋，
让你也咀嚼一次
我在此的日子，如何转变，
自最初的酸涩。

我自得地笑了，想起你
会怎么惊讶地叹息。
“一个不能再膨胀的
饱和点的宇宙啊！”
你会说。

而我将默然，因我忽然
不愿示你，潜意识之礁底

全部的沉舟，与舟中的珍藏
于一分钟内。

且亦不可能。

1959.3.8

悲哉我之冰河期

悲哉我之冰河期
太阳出轨，光被七马分尸
心之地中海冻了
血球们的万米赛亦废止了
悲哉我之冰河期
当灵魂的噩耗传开时
燕尾服的企鹅们
皆举鸡尾酒杯相庆了
悲哉我之冰河期

生命的地质学上
必须大书而特书
丧礼的行列经过时
必须隆重而穆肃
送葬的爱斯基摩人
且吹华格纳之号
且擂贝多芬之鼓

且降大熊之半旗

悲哉我之冰河期

1959.3.22

五陵少年

纳入《五陵少年》的这三十四首诗，完成于一九六〇年初春到一九六四年初夏之间，也就是说，都是我留美回台北后迄赴美讲学前那一段日子的作品。

我的诗集之中，恐怕再找不出第二本像《五陵少年》这么风格庞杂的了。《五陵少年》之中的作品，在内涵上，可以说始于反传统而终于吸收传统，在形式上，可以说始于自由诗而终于较有节制的安排。

我常常想：如果那时我不赴美，也许继续发展下去，与目前的风格将不很相同。因为在二度赴美的前夕，我感觉自己在散文的创作上也渐渐有点 eureka 的迹象。我的诗和散文，往往有一胎二婴、一题二奏的现象。例如一个婴孩的天逝，倒映在诗上，是《黑云母》，在散文上，便成为《鬼雨》了。

自从开始现代抒情散文的创作以来，面临一个题材，左右手的缪斯往往要争论许久，才决定究竟应该由左手的缪斯或右手的缪斯去处理。

艺术家对于自己风格的要求，似乎可以分成两个类型。一是精纯的集中，一生似乎只经营一个主题，一个形式。另一类是无尽止的追求，好像木星，乐于拥有十二个卫星。雷诺阿、莫迪里阿尼属于前者；毕加索属于后者。我的个性也倾向后者。同时，我更相信，凡是美，凡是真正的美，只要曾经美过，便恒是美，不为另一种美所取代。在这样的信仰下，我写了《吐鲁番》，也写了《圆通寺》，创造了《史前鱼》，再创造《月光光》。我不愿站在《吐鲁番》那边，说《圆通寺》太古典；或是站在《圆通寺》这边，说《吐鲁番》太猛烈。我是艺术的多妻主义者。

五年，不算太短的日子。当我写《五陵少年》最早的几篇作品时，好几支犀利的诗笔，黄用的笔，望尧的笔，仍非常多产。到我写其中最后的几篇时，那几支笔早已搁下来了。这真是何等可惜的事。所谓“头脑外流”，非但科学界如此，文学和艺术也是一样。

余光中

1967年4月16日

厦门街闹书灾的书斋（摘录）

坐看云起时

坐看云起时，秋之昙日屡目我
以白眼与青睐。我遂遥念阮籍
念他每行至第三世纪的穷途
辄恸哭如我，如我坐在
不知江南是什么的相思树下，看云起时

看云起时，善变的太空能作青白眼
看今之白我者，昔曾青我以晴朗
看云起时，谁在作青白眼
我并未恸哭，并未恸哭如魏人
我适行到水穷处，疑无路
遂坐看云起，测风的方向

云起时，一切在变，宇宙在作壁上观
观昙的幻想如何成形，如何合，如何分
如何自无中生有，如何善遁
当我闭目看一只归鸟

如何泳入荡胸的层云

当梦跌碎在玻璃表面，自泰山

1960.1.16

大度山

这里很高旷，没有长长的街
喋喋不休，跟在我背后
天狼星比台北更近
至少，打领带的那些动物
很少在山上作祟

每夜我们都爱散步
可是总忘记戴上帽子
虽然空气很薄
而流星也很猖獗

涧中盛着许多大卵石
盘古的鸡蛋，总在那里
我去孵了整整一个下午
半只灵感也孵不出来

中午很静，子夜很吵

天河的水声常令我失眠
有时候，你会发现
光年是一把短短的尺

可是睡懒觉是不可能的
一大清早，太阳那厮
就尽在山坡下大声喊我
去玩，去呼吸蓝色

1960.2

五陵少年

台风季，巴士峡的水族很拥挤
我的血系中有一条黄河的支流
黄河太冷，需要掺大量的酒精
浮动在杯底的是我的家谱
喂！再来杯高粱！

我的怒中有燧人氏，泪中有大禹
我的耳中有涿鹿的鼓声
传说祖父射落了九只太阳
有一位叔叔的名字能吓退单于
听见没有？来一瓶高粱！

千金裘在拍卖行的橱窗里挂着
当掉五花马只剩下关节炎
再没有周末在西门町等我
于是枕头下孵一窝武侠小说
来一瓶高粱哪，店小二！

重伤风能造成英雄的幻觉
当咳嗽从蛙鸣进步到狼嗥
肋骨摇响疯人院的铁栅
一阵龙卷风便自肺中拔起
没关系，我起码再三杯！

末班巴士的幽灵在作祟
雨衣！我的雨衣呢？六席的
榻榻米上，失眠在等我
等我闯六条无灯的长街
不要扶，我没醉！

1960.10

圆通寺

大哉此镜！看我立其湄
竟无水仙之倒影
想花已不黏身，光已畅行

比丘尼，如果青铜钟叩起
听一些年代滑落苍苔
自盘古的圆颅

塔顶是印度的云，塔底是母亲
启骨灰匣，可窥我的脐带
联系的一切，曾经

母亲在此，母亲不在此
释迦在此，释迦不在此
释迦恒躲在碑的反面

佛在唐，佛在敦煌

喏，佛就坐在那娑罗树下
在摇篮之前，在棺盖之后

而狮不吼，而钟不鸣，而佛不语
数百级下，女儿的哭声
唤我回去，回后半生

1960.12

登圆通寺

用薄金属锤成的日子
属于敲打乐器
不信，你可以去叩地平线

这是重阳，可以登高，登圆通寺
汉朝不远
在这声钟与下声钟之间

不饮菊花，不佩茱萸，母亲
你不曾给我兄弟
分我的哀恸和记忆，母亲

不必登高，中年的我，即使能作
赤子的第一声啼
你在更高处可能谛听？

永不忘记，这是你流血的日子

你在血管中呼我
你输血，你给我血型

你置我于此。灾厄正开始
未来的大劫
非鸡犬能代替，我非桓景

是以海拔千尺，云下是现实
是你美丽的孙女
云上是东汉，是羽化的母亲

你登星座，你与费长房同在
你回对流层之上
而遣我于原子雨中，呼吸尘埃

1961 年重九，34 岁生日

蜜月

——给仍是新娘的妻

蜜月是柠檬黄色，但比柠檬甜
　　而且更圆，像你无名指戴的
　　结婚指环

而且从不闹月蚀（从不闹日蚀
　　　　　　　　也不闹分蚀
　　　　　　　　甚至秒蚀）

且将我们圈在（里面
直径一英寸的天国
将世界圈在）外面，如一圈光轮

像一座珊瑚岛（空心而玲珑）
我仰泳着
　　　　在你的笑上
　　　　　　　　　在珊瑚礁中

当然没有鲨鱼

只有人鱼

张千臂缠我

你是章鱼

岛上有含羞草，有食人树

还有柠檬（蜜月是柠檬汁

而且更甜，当蜜月正圆）

其实（你笑）椭圆也可以

例如鸽子蛋

拥抱你和我，你和我拥抱

到不分蛋白蛋黄

你仍是新娘，你仍是新娘

如果你爱我，你可以把蜜月

延长——

到七十岁（像你的白发

像我的白须）那样的短

1962.4.24

春天，遂想起

春天，遂想起
江南，唐诗里的江南，九岁时
采桑叶于其中，捉蜻蜓于其中
（可以从基隆港回去的）
江南
　　小杜的江南
　　苏小小的江南
遂想起多莲的湖，多菱的湖
多螃蟹的湖，多湖的江南
吴王和越王的小战场
（那场战争是够美的）
　　逃了西施
　　失踪了范蠡
失踪在酒旗招展的
（从松山飞三小时就到的）
　　乾隆皇帝的江南

春天，遂想起遍地垂柳
　　的江南，想起
太湖滨一渔港，想起
那么多的表妹，走过柳堤
（我只能娶其中的一朵！）
走过柳堤，那许多表妹
　　就那么任伊老了
任伊老了，在江南
（喷射云三小时的江南）

即使见面，她们也不会陪我
陪我去采莲，陪我去采菱
即使见面，见面在江南
　　在杏花春雨的江南
在江南的杏花村
（借问酒家何处）
何处有我的母亲
复活节，不复活的是我的母亲
一个江南小女孩变成的母亲

清明节，母亲在喊我，在圆通寺

喊我，在海峡这边
喊我，在海峡那边
喊，在江南，在江南
　　多寺的江南，多亭的
江南，多风筝的
江南啊，钟声里
　　的江南
（站在基隆港，想——想
想回也回不去的）
　　多燕子的江南

1962.4.29

月光光

月光光，月是冰过的砒霜
月如砒，月如霜
落在谁的伤口上？
恐月症和恋月狂
迸发的季节，月光光

幽灵的太阳，太阳的幽灵
死星脸上回光的反映
恋月狂和恐月症
祟着猫，祟着海
祟着苍白的美妇人

太阴下，夜是死亡的边境
偷渡梦，偷渡云
现代远，古代近
恐月症和恋月狂
太阳的硬币，铸两面侧像

海在远方怀孕，今夜
黑猫在瓦上诵经
恋月狂和恐月症
苍白的美妇人
大眼睛的脸，贴在窗上

我也忙了一整夜，把月光
掬在掌，注在瓶
分析化学的成分
分析回忆，分析悲伤
恐月症和恋月狂，月光光

1964.5.31

天狼星

这一卷薄薄的诗集，出现在二十世纪七十年代的中叶，是一个小小的错误。

《天狼星》旧稿在命题、结构、意象、节奏、语言各方面都有重大的毛病。要脱胎换骨，已经回天乏术，我所做的，除了某些较大的手术之外，多半是整容的功夫。诸如二十世纪六十年代初期流行的语法、词汇、抽象名词；五四以来因滥用虚字而形成的累赘句法；欧化的文法；不必要的科学字眼；不切题的意象等等，都是删除或修正的对象。总之这是我对于十五年前自己诗体不落言诠的一次大批判。

现代诗中的长篇作品，失败的很多：以前的失败，往往在于意深词踬，晚近的失败，又往往在于意浮文散。比兴与赋之间，应该如何“酌而用之”，以臻于不踬不浮之境，乃是现代诗人在写长诗时必须接受的考验之一。希望能以《天狼星》的失败，供其他作者的前车之鉴。

余光中

1976 年 4 月 25 日于香港（摘录）

少年行

——你是望海的少年，不穿雨衣

蓝色车长途的旅客
玻璃长窗里多潇洒的侧影
唯我们永远委屈，在广告牌下
仰看钢铁的风景
建筑物灰面的阴郁症
在火车站和钟楼那一带颇流行
在沿河的围墙边，我们不快乐
笑声落在潮湿的街上
发出硬币零落的声响
我们不快乐

览世界于娟好纤小的地图
窄窄的世界竟豪阔地展开
这里是河，这里是海
美丽的蓝烟在外面等我
等我去揭开未来

高俊一座白邮轮
赫然在港外接我，到那天
便挥别这一切的不快
悲哉，辽阔奈何是地图，不是这世界
随你怎么抽签又卜卦
十三张怎么排动人的预言
结果，仍骑楼的阴影下走过

战争是一支遥远的蜡烛
谁借那样的烛光
在碉堡的炮洞里写一封长信？
唯一的希望
在所有的飞蛾都坠毁之前
曙色能赶到他洞口
公转转来了季候症
自转转来了黄昏
黄昏，黄昏
黄昏从哪座铁桥上进城？
有一层毛边的温柔在长安西路口

斜街尽头转入了横巷
寂寞的邮筒望着远方
家，是暮色里咕咕的鸽子
唤所有的行人在车上，街上

照例在早餐前，用蓝色小镰刀
收割前夕的忧芽和愁苗
当晚的镜子里，烦恼依然丛生
气象台说，晴，我们就带伞
一面阴郁的盾牌抵抗这雨城
怕苔藓终于爬进我梦里
仰起脸，舐一舐唇上的水星
无可奈何待七点钟降临
伞的肋骨便自卫地撑起
千层雨云下
属我的一片小乌云
逻辑呢是一点不逻辑

如果有人倒骑着骆驼

拈花踱过广场的喷泉
如果骆驼竟仰天长笑
笑红了所有处女的脸——

我们已十分厌倦于厌倦
落日读遗书，街灯检仪队
古典的公墓一盗一千年
老教授，朱丽叶她已经是女鬼
大考是三更眼红到五更
报告是多少 CC 的蓝泪？
为尝遍你开的全部药方子，Doctor
古典主义到超现实主义
朽，与乎不朽，一流，与乎二三流
不成问题的问题，老教授
留给你自己吧
西敏寺教堂已经够拥挤
今天不用，明天就作废
青春握一把易锈的铜币
艺术很贵，爱情不便宜

伟大的滋味蠹鱼才知道

残缺的金字，旧封面，樟脑

1960 年春天初稿 1976 年春天修正

大度山

——你不知道你是谁，你忧郁
　　你知道你不是谁，你幻灭

春天在大度山上喊我
竖笛伸长长的颈子喊我
（弄蛇人那样地喊我）
坐在松松的山坡上
晒簇新簇新簇新的太阳
耀眼像头条新闻的太阳
早餐桌对面坐着的太阳
鸭蛋黄，鸭蛋黄，浓浓的太阳
　　春天很新

春天在大度山上喊我
整条光谱灿烂地喊我
红得要恋爱，黄得拍你的眼睛
擦亮，长绿锈的旧太阳
买一个四月，买一个三月

杜鹃花在季节的裙边
闹成缤纷的幼稚园
　　春天真吵

春天，春天在远方喊我
整座相思林的鹧鸪在喊我
（蓝色长途车的方向在喊我）
三角铃，木琴，巴宋巴宋巴宋宋
过了雨季，等着风季
问黄泥春天有没有触觉
太阳的手指呵瓜田的痒
　　四月最怕痒

　　重重地阖起，海盗版的浮士德
　　且关上朝北的窗
　　你曾站在基隆港，不穿雨衣
　　听大邮轮汽笛的震动，肺病的阴云
　　你是望海的少年，不穿雨衣

春天在古堡的废垛上绿着
白卵石在河床上哧哧笑着
清明节，纸钱，黑蝴蝶飞着
（连土地公公也要扶杖远游了）
情人在公墓里约会
贪睡的尸骨也该翻一翻身了
一朵月季花踮起了脚尖
　　读谁的碑铭

　　把冬天交给阿司匹林，阿嚏
　　把你的失眠，你的自卑
　　电线杆电线杆支撑的低空
　　一百万人用过的空气
　　阿嚏阿嚏
　　特效药的广告，细菌，原子雨

春天，春天是发呆的季节
坐在韩国草上，怔一个下午
膝上摊开济慈的诗集

春天是不生肺病的

春天是延长的愚人节，流行着爱情

卓文君死了两千年，春天还是春天

还是十七岁，还是十七岁半

还是云很天鹅，女学生们很云雀

还是云很芭蕾，女学生们很却却

春天是不生肺病的

阖上，存在与不存在主义

用你苍白而颤抖的手

开抽屉，然后关上的手

旋瓶盖，然后数丸药的手，阿嚏

卓文君死了两千年，春天还是春天

（你不知道你是谁，你不知道）

那美丽的寡妇，年轻的寡妇

（你不知道你是谁，你不知道）

卓文君死了二十个世纪，春天

（你不知道你是谁，你不知道）

卓文君死了二十个世纪，春天

卓文君死了二十个世纪，春天还是春天

还是云很天鹅，女孩子们很孔雀

还是云很潇洒，女孩子们很四月

老教授，换一条花领带吧

大二时你有没有谈过恋爱？

　　你不知道你是谁，你不知道

卓文君死了两千年，春天还是春天

茶花女，济慈（你不知道）

卓文君死了两千年，春天还是

（你不知道你是谁）

春天还是春天

　　告别生命的斑马线

　　告别海盗版的书和生命

　　告别台北，这食蚁兽

　　告别我的雨帽和雨衣

这是春天呢，这是发呆的季节

春天在大度山上喊我

说风自海峡来，海峡醒了

（你不知道，你不知道）

牧神在大学的红砖墙外

（你不知道，你不知道）

不会来旁听你的古典时代

牧神在女生宿舍的墙外

也不修罗密欧与朱丽叶

老教授，老教授，换一只领结

大一时你有没有闹过恋爱？

Professor, your tie, your tie!

（你不知道你是谁，你不知道）

1962.4.16 初稿 1976.4 修正

忧郁狂想曲

——忧郁啊灵魂的硝酸液

镜中的你可是你自己?

重重地敲击，十二面，釜状大铜鼓

忐忐忐忐
忐忐忐忐

夜，来了
黑色的巨灵自海底升起
地平线扼毙血红的落日
遂猝发，不治的心脏病，病了黄昏

忑忑忑忑忑，忐忑
忑忑忑忑忑，忐忑

啊夜，夜来了
今夜，重重的忧郁啊重重

重重困我，千张有毒的蛛网
我必须逃亡，我必须
必须逃亡，逃出我自己
冉冉升起，看，氤氤氲氲的夜氛
周期性的死亡，来了，夜
夜是大爬虫的时代，满地的阴影
蠕蠕而来，满地的阴影爬行

幢幢幢幢
魑魅魍魉

啊，死了，太阳，来了，夜
不祥的预感由脊椎而下，我必须

逃出我自己
如逃出麻风的地区
沿着一柱柱青脸的水银灯

魑

沿着建筑物诡谲的面具

魅

沿着蜥蜴群湿淋淋的绿睛

魍

沿着记忆，记忆交错的羊肠

幢幢幢幢

十二面巨铜鼓，釜状

幢！幢幢幢幢

大如车轮，两扇钹的骤合

骚音急转，急转如漩涡

鼠疫之后，这都市，已死了一千年

一堆顽石，一片断柱支撑的凄凉

若你唱起安魂曲，自废墟彼端

空城必充满深邃的回声

麻痹的感觉

硝酸银一般蚀烂你颜面

冰凉的泪必流下来

自你空洞的黑眶

听！自远方，自夜的中央

八足毒蜘蛛正佝偻地织起

白丝纵横，恢恢的天网

鼓声中，必有白垩的千臂举起

举起，又放下，我必须

　　幢幢幢幢

　　自夜，自夜的中央

　　幢幢！

永恒的风吹着，噩耗在天蝎宫闪着

我必须，我必须逃亡

逃出复睛催眠的图案

逃出昼夜轮回的斑纹

夜已来了，啊腥湿的嘘息在我的颊上

我必须

　　必须逃亡

　　　　沿着罂粟流血的阡陌

　　　　沿着黑水仙蔓生的峡谷

　　　　　　幢幢幢幢

　　　　　　狠狠锤铜鼓猝病的心脏

　　　　　　幢幢！

　　　　沿着白莲悲吟的鬼沼，幢幢

　　　　穿过幢幢钟乳狂笑的古穴

　　　　穿过星座幢幢绞痛的神经

　　　　穿过记忆幢幢的迷魂阵

　　　　幢幢！幢幢！幢幢！幢幢！

　　　　忐忐忐忐钟乳忐忐忐忑

　　　　穿过幢幢幢幢狂笑幢幢！

　　　　幢幢幢幢！幢幢幢幢！

　　　　重重地锤下，十二面铜鼓，庞庞的釜状

我必须，太阳死了

朔月无光，我必须逃出

釜脐墨浑茫的死亡，逃出

髭须丛生的午夜，逃出

陨石的狙击，秒针的搜索

逃出玄衣飘飘的魇魔

明灭的磷光中

何以两侧啾啾，尽是坟墓？

　　忐忐忑忑

　　忐忑忑忐忐忑忑

　　打更的走过，面呈碘色

永恒的风吹着，面纱在风中飘动

已死了一千多年啊，这长夜之城

无人岛，沙漠，旱海之鱼

只有天罡星怔怔亮着

废堞上，谁遗忘的一盏灯笼？

如果，我死了

如果我悬在巨蛛网上
可有驼群唱我的安魂曲
　　伸长了伸不直的长颈子
　　如一排悲戚的木箫？

揭开面纱，是谁的脸庞？
当永恒的风不断地吹着，地哑，天盲
而我死了，而
　　　　我竟死了，而
　　　　　　　　我
　　　　　　　　　竟
　　　　　　　　　　死
　　　　　　　　　　　了
　　　　　　　　　　　　幢！

1963.4 初稿 1970.4 修正

多峰驼上

乾坤俯仰，巍巍骑多峰驼背上
回去中国，向西南西
船尾的白跑道上，巨型的黑翅鸥永远
作势起飞，而永远不飞去
满船海客，用落日的古钱
卜土地公的侧面在哪一边
七点半（七点半？在蓝色大戈壁
腕表有什么意义，除非去约会人鱼？）
我们把这枚古铜币贿赂夜色
买一些浮梦恍惚，倾斜四十度
或者是失眠，听五千公尺下
海底电缆奏越洋狂想曲
而如果你仍嫌这些太贵
夜，便找你一把流星

阿拉斯加的海面，凡鼻子都伤风
凡鱼都伤风，不时会惊见

抹香鲸在远方打喷嚏

风迎面来时，所有的浪都喷嚏

我们很闲，伏在左舷晒太阳

俨然如一排海豹那样

我们很忙，乡心徘徊如钟摆

新大陆的旧尘——老中国的新时代

西雅图与基隆之间，摇摆复摇摆

西部曲与长城谣之间，低回复低回

晕船药在胃里和呕吐决赛

水上的日子很忙

在蓝起蓝伏的山坡上

谁在滑峻峭的滑梯？

在日起日落的大空间

谁在玩抛球的游戏？

看大台风煽动满海的波浪都叛变

练习在抛物线上走索且呕吐

吐水利学博士满肚的辛酸
嚼着水果，发誓再也不离开长果树的地方
（做不发明什么的牛顿多好，我想）
豪笑着，抛一万多吨的玩具
两侧的圆窗外，海，立身向我们窥望

海鸥逐人，穿过加拿大的烟雾
我们是唐人街回去的归客
就这样俯仰在多峰驼背上
回去中国，向西南西
湫溢的唐人街，满地旧报纸与果皮
祖孙三代一块破招牌，卖菜又洗衣
名士在麻将桌上，英雄在武侠小说里
暗街陋巷，何曾西域驼队来进贡？
醉酒的李白，违警的贾岛
超级公路东西驶千条
哪条是通向长安的大道？
指南针的国度啊给你的孩子们方向
举头见日，不见洛阳与咸阳

亚热带的海上，多星，多岛
云在南方的水平嬉戏
船首犁起浪花和飞鱼
一日便阅完琉球群岛

就这样回到东半球，何须兴奋？
纵渐行怀乡病渐有起色
纵樱花的岛上过客不曾
被簪于蝴蝶夫人的发簪
就这样梦着，醒着，在多峰驼背上
回去中国，回去，啊，终于回去
这样的中国——人在海外，客在江湖
不见伽蓝在洛邑，城阙在西都
不见门矗玄武，侏儒西域的使臣
大明宫高峻的石阶
膻腥的膝盖不见来跪拜

就这样骑着多峰驼回去，升起天狼
海市与蜃楼，迷失在波上

《水经注》在古册，渴在心底

泪也是咸的，解渴无计

留学西游，梦游千里是瀚海

取经人取回来怎样的经?

异国的街头曾经为异客

唐人街多唐人来往多不识

梦不尽，夜夜秦关与汉月，回乡情怯

向西望，古箭手剩最后这一枚斜阳

涿鹿的胜负，卜最后这一场

大武山

一五五的加农炮，射程内的故土
廿五倍单筒望远镜，望中的故土
准星尖上的故土，望乡之目啊
日日夜夜，是侦察之目

唤你的名字，故土，以日日
潮起与潮落，以年年
除夕的鞭炮，端午的鼓
半枝新乐园的水程
若一只鹰跃起，自岗上的岩顶
换羽就是彼岸的风云

高粱是忧郁的特效药
安慰愁肠，断不了愁根
一条运河贯通四肢和百骸，唱起
熊熊的赞美诗，赞美燧人氏
当大王的雄风来自西北

我是一尊怒屹的铜像
不知道国姓爷的幽灵喝不喝高粱？
放翁和稼老的茸茸须
蘸多少次黄汤？剑阁栈和郁孤台
西北风吹寒南中国海
零丁洋的孤魂喝不喝高粱？

莒光楼的城门向战场，表弟们
点一盏北极星在雉堞上
在古城楼头写现代的史诗
古来的征人，我问你，谁最寂寞？
唯有饮者像我才留名
烟兄酒弟高适与岑参
地上亮谁的一截烟头
无寐对纵横的星斗？

蟠蜿在山的回肠里，出入新石器时代
炮啸为节奏，海为背景
千亩绿油油从顽石里迸开

能伸能屈在地下，依然能拥有
风云和气象，头条标题和历史
水中之石石中的意志，至坚至纯
何须勋章来装饰？

阵地对面隐隐是故乡
野菊花温柔地依偎着战场
采一朵佩在排长的帽檐
一种天然的颜色，一种
非卖品始有的尊贵和清香
母亲的朴素美
复瓣犹湿着秋晨的露水
排长，这是你难忘的形象

旧靴子总不忍随手就丢掉
排长，为了从前踩过的泥土
为了少年时赶过的路
为了少年时走过的桥
为纪念那些水疱和冻疮

山东有多少山，皖南有多少庙
八千里月色和风霜，排长
丢得了鞋子忘不了路

不记得换过了几次鞋子
依然践在这白垩与黄沙
芒果落了又橘柑，天狼沉落在海峡
清明的雨帽，中秋的胡琴
我的乡思与韩愈很亲近
我的魂魄与苏轼等远
停炮日，立在最高的峰巅
怪石削壁，数我最嶙峋

数我最坚挺，稀金属一般强硬
我是一尊伤心的石像
塑凝神的立姿在大武山上
悲来欲溶，愤来欲鼎沸
就这么当风立着，任一枝新乐园
把石像的心事烧成烟灰

孤独国

南面而坐，阶前之地大如国
现象轮替，钟表是永恒的面具
世界在走着，我坐着
坚冷的水门汀坐成蒲团
无根的电杆木叱成菩提树
我是一尊者，片叶渡海

孤独为国，比乾坤为大，比葫芦为小
垂眉盘腿，无视千履与万鞋
许多鞋踩过我边界，留下尘埃
我的鞋却泊着，哪，就在你面前
野渡无人的一种姿态

安步当车，乃有鞋稳如筏
彼岸？彼岸？彼岸是对街？
是一泓乡愁，海峡在对面？
涉人海如涉忘川，忘一切因缘

亚热带的雨季，穿上雨靴
将自己莲供于一塘污泥

舍身喂虎，把地址寄在地狱
向饿狮的齿缝里寻找信仰？
天使和妖魔的拉锯战
在腰的下面，腰的上面？
爱丽丝教授啊你宣布停火吧
肋骨数来如念珠，可以催眠

明天我仍将如此趺坐
伯阳答仲尼那样地坐着
（其犹龙乎！其犹凤欤！）
甘地坐印度那样地坐着
戴阿基尼斯在桶里坐着
谢大王，请莫挡我的阳光

就这么坐着，坐着东方
武昌街倚成一窟敦煌

坐出一点中唐的气象
就这么尘埃和市声里静坐
直坐到天狼不再逐天兔
泾渭分明，黄河之水不再浊

武昌街，武昌街，飞逝而去的
是黄鹤还是青鸟？停留在此的
是吕纯阳还是谪仙？
韩京兆的轿子不来，我推敲我的
衣钵是寒山还是贾岛？
韩京兆的高轩不到，我呕沥我的

你要廉价的夏菁吗？我有
你要风渍的痖弦吗？我有
灵感也打打折扣，桂冠也廉售
我是庙，是塔，是绕塔的钟声
朝山者来了朝山者去
捧去的不是贝叶，是桂叶
惯饮胆汁以解渴，多少心事

早晚呼啸似回潮
撼胸臆，响逾四面的市嚣
背街面壁，生意不问问禅机
诗的室内乐在心房里扬起
应着肠中的辘辘在隔壁

诗的悲哀能征服生命的悲哀？
那人的眸中有春天的青睐？
铁树啊，铁树即繁花千簇
一阵秋风，过眼成一梦
满肩落红都化蝶飞去

武昌街朝东，武昌街朝西
红尘疏处隐隐通历史
一句新诗琢成舍利子
此外无非是梦，梦花不沾身
庄周梦蝴蝶，蝴蝶梦庄周
真真幻幻两栖的灵魂

天狼星变奏曲

天狼星仍悬着炯炯的青辉
　在鞋的行程外
　在箭的射程外
敻不可及的绝望你最美

藏火的意志在燧石的肺里
　盐藏在瞳内
　风藏在翼底
老人星还不来扫满天碎玻璃

还不挥帚扫劫余的废墟
　蚩尤的屠场
　盘古的石矿
不周山下扫天崩的残局

日蚀延长成无期的停电
　黄河总难清

　祖龙又不死
几缕硝烟吊燹后的中原?

太阳系的苦役何时才停止?
　一丸病地球
　半边冷月亮
九头疯驴子推太阳的磨子

诺亚，大禹，千载下犹不服水土
　绝种的麟凤
　灭族的恐龙
鞋印，星光，人在中间找不到出路

牵开积云，混沌的谜底就揭晓
　氤氲的上头
　蒙鸿的背后
暴风雨的另一端，有谁看钟表?

秃鹫回翼，无穷静从此开始

　神话的面具
　星象的旗语
大哉广场，光年无碍任奔驰

天狼厉嗥吧，在风的背上
　把光族都叫醒
　猖猖把太白星
叫起来扫曙天欲破的残霜

1976.4.18 重修于香港

敲打乐

《敲打乐》是缪斯为我所生的第八胎诗集，里面的十九首诗全是我在一九六四至一九六六年间再度旅美时所写。远适异域，尤其是为了读书或教书而旅居美国，就算是待遇不薄，生活无忧，但在本质上始终却是一种“文化充军”。再加上政治上的冷落之感，浪子的心情就常在寂寞与激昂之间起伏徘徊。这里的十九首诗，记录的大致就是这样的情怀。

主题诗《敲打乐》，这首长诗自从十八年前发表以来，颇有一些只就字面读诗的人说它是在侮辱中国。这种浮面读者大概认为只有“山川壮丽，历史悠久”以及“伟大的祖国啊我爱你”一类的正面颂辞，才能表达对国家的关怀。这种浮词游语、陈腔滥调，真能保证作者的情操吗？在悲剧《李尔王》里，真正热爱父亲忠于父亲而在困境之中支持父亲的，反而是口头显得淡漠的幼女。中国人常说“孝顺”，其实顺者有时未必是大孝。爱的表示，有时是“我爱你”，有时是“我不知道”，有时却是“我恨你”“我气你”。

有感于异域的富强与民主，本国的贫弱与封闭，而在漫游的背景上发为忧国兼而自伤的狂吟，但是在基本的情操上，却完全和中国认同，合为一体，所以一切国难等于自身受难，一切国耻等于自身蒙羞。这一切，出发点当然还是爱国。

我在写《敲打乐》时，还没有注意到美国的摇滚乐，诗以敲打为名，只是表现我当时激昂难平的心境。诗句长而标点少，有些地方字眼又一再重复，也是要加快w诗的节奏；这样的紧迫感在我的诗里实在罕见。

写于二十年前的这些诗，今日读来，仍能印证当日深心的感受。诗，应该是灵魂最真切的日记。有诗为证的生命，是值得纪念的。这些诗，上接《五陵少年》，下启《在冷战的年代》，通往我六十年代后期的某些诗境，形成了我中年诗生命的一个过渡时期。

余光中

1969 年元旦于高雄西子湾（摘录）

钟乳岩

史前的童贞夜咽下了我们
无首无尾的黑暗
生之前，死之后
冰涧漱着细细的地下水

扪到冥川上游
山的盲肠不通向何方
日月都留在洞外
谁的手中一支电筒

拨也拨不开的深邃
仿佛凝固的梦境
脚下是珊瑚丛
千盏琳琅是吊灯

石乳下降，石笋上升
盘古的白须缓缓地长着

千载一厘，万载一分
升降之间虚悬着永恒

向一只耳朵嘘气：永恒，永恒
谁能爱我三分
我便爱谁半寸，不腐的石椁中
你是钟，我是笋

百年前，南军在洞里藏金
向导说，更早更早以前
戴羽绘面的红酋长
在洞口熏炙鹿肉

岩石也有音乐啊，他说
且扬杖击石
向玲玲珑珑的雕塑敲起
石器时代的流行乐

1986.5.2

你仍在中国

等冷了密西根的碧澄澄，情人
你仍在中国，亦无秋季
雨中，亦无松果落地
的中国，铜驼，铁塔
皆已倒塌，皆已倒塌
的中国，你仍在中国，等冷
阿留申外的蓝沁沁，亿万兆吨
的阻阻绝绝，你仍在中国啊，仍在
天一方，在水一方，等冷了
向你呼啸的血，鼎沸的血
在心之红海澎湃的血，等热了，等冷了，等

等一个千年的新娘，来自东方
预言如雾，一尾很雌的人鱼
闪着无鳞的白晶晶，无碍的圆浑
在太平洋的青瞳中向我泳来
在水族迷路羽族难渡的公海

你向我泳来，栗发梳着台风

（因为这已是秋季，噫，秋季，秋季！

令人战栗的名字，当一切受伤之目

皆转向远方，一切飞的，爬的，行的

皆停下来休憩，准备躲藏

当阳光愈短，月光愈吐愈长

梦，在寒冽的月光中不断上升

这是航空信旅行的秋季

幻想远征，爱情远游，但是你啊

你仍在中国，在海关的那边

你的晌午是我的聋夜

你的暖梦接不通我的冷魇）

1986.9.2 于卡拉马如

当我死时

当我死时，葬我，在长江与黄河
之间，枕我的头颅，白发盖着黑土
在中国，最美最母亲的国度
我便坦然睡去，睡整张大陆
听两侧，安魂曲起自长江，黄河
两管永生的音乐，滔滔，朝东
这是最纵容最宽阔的床
让一颗心满足地睡去，满足地想
从前，一个中国的青年曾经
在冰冻的密西根向西瞭望
想望透黑夜看中国的黎明
用十七年未餍中国的眼睛
饕餮地图，从西湖到太湖
到多鹧鸪的重庆，代替回乡

1987.2.24 于卡拉马如

有一只死鸟

冬至以后，春分以前
哪一种方言最安全？
如果你是一只鸣禽
美丽，而且有一身白羽
便可以将你剥制成标本
装饰那家博物馆，栩栩如生
拉丁文的学名下，注明
一种鸣禽，能歌，能高翔
罕见的品种，日趋灭亡
或者你可以按时唱歌
堂皇的客厅，栖你在壁上
制造顺耳的室内乐，可以乱真
钟叩七下，你就啭七声
随着钟面的短针，长针
或者你坚持在户外歌唱
在零下的冬季，当咳嗽
成为流行的语言，而且安全

你坚持一种醒耳的高音
向黑色的风和黑色的云
猎枪的射程内，你拒绝闭口
你不屑咳嗽，当冷飙
当冷飙射进你的热喉
杀一只鸣禽，杀不死春天
歌者死后，空中有间歇的回音
或者你坚持歌唱，面对着死亡

1987.4 于卡拉马如

敲打乐

风信子和蒲公英
国殇日后仍然不快乐
不快乐，不快乐，不快乐
仍然向生存进行
　　　　　　　不公平的辩论
输掉一个冬季
再输一个春天
也没有把握不把夏天也贴掉
荨麻疹和花粉热
　　　　　　　阿嚏
喷嚏打完后仍然不快乐
而且注定要不快乐下去
除非有一种奇迹发生
中国啊中国
何时我们才停止争吵？

奇飚醍，以及红茶囊

燕麦粥，以及草莓酱
以及三色冰淇淋意大利烙饼
钢铁是城水泥是路
七十里高速后仍然不快乐
食罢一客冰凉的西餐
你是一枚不消化的李子
中国中国你是条辫子
商标一样你吊在背后

总是幻想远处
有一座骄傲的塔
总是幻想
至少有一座未倒下
至少五岳还顶住中国的天
梦魇因惊呼而惊醒
四周是一个更大的梦魇
总是幻想
第五街放风筝违不违警
立在帝国大厦顶层

该有一支箫，一支箫
诸如此类事情

总幻想春天来后可以卸掉雨衣
每死一次就蜕一层皮结果是更不快乐
理一次发剃一次胡子就照一次镜子
看悲哀的副产品又有一次丰收
理发店出来后仍然不快乐
中国中国你剪不断也剃不掉
你永远哽在这里你是不治的胃病
——卢沟桥那年曾幻想它已痊愈
中国中国你跟我开的玩笑不算小
你是一个问题，悬在中国通的雪茄烟雾里
他们说你已经丧失贞操服过量的安眠药说你不名誉
被人遗弃被人出卖侮辱被人强奸轮奸轮奸
中国啊中国你逼我发狂

华盛顿纪念碑，以及林肯纪念堂
以及美丽的女神立在波上在纽约港

三十六柱在仰望中升起

拱举一种泱泱的自尊

皆白皆纯皆坚硬，每一方肃静的科罗拉多

一寸也不属于你，步下自由的台阶

白宫之后曼哈顿之后仍然不快乐

不是不肯快乐而是要快乐也快乐不起来

蒲公英和风信子

五月的风不为你温柔

大理石殿堂不为你坚硬

步下自由的台阶

你是犹太你是吉普赛吉普赛啊吉普赛

没有水晶球也不能自卜命运

沙漠之后红海之后没有主宰的神

四巷坦坦，超级国道把五十州摊开

这是一九六六，另一种大陆

三千里高速的晕眩，从海岸到海岸

参加柏油路的集体屠杀，无辜或有辜

踹踏雪的禁令冰的阴谋

闯复活节闯国殇日布下的罗网

方向盘是一种轮盘，旋转清醒的梦幻，向芝加哥
看摩天楼丛拔起立体的现代压迫天使
每一扇窗都开向神话或保险公司
乳白色的道奇
风的梳刷下柔驯如一匹雪豹
飞纵时喂他长长的风景
喂俄亥俄、印第安纳喂他艾文斯敦

这是中西部的大草原，草香没胫
南风漾起萋萋，波及好几州的牧歌
面包篮里午睡成千的小镇
尖着教堂，圆着水塔，红着的农庄外白着栅栏
牛羊仍然在草叶集里享受着草叶
嚼苜蓿花和苹果落英和玉米仓后偶然的云
打一回盹想一些和越南无关的琐事
暗暗纳闷，胡蜂们一下午在忙些什么
花粉热在空中飘荡，比反舌鸟还要流行
半个美国躲在药瓶里打喷嚏
在中国（你问我阴历是几号

我怎么知道？）应该是清明过了在等端午
整肃了屈原，噫，三闾大夫，三闾大夫
我们有流放诗人的最早纪录
（我们的历史是世界最悠久的！）
早于雨果早于马雅可夫斯基及其他
荡荡的面包篮，喂饱大半个美国
这里行吟过惠特曼，桑德堡，马克·吐温
行吟过我，在不安的年代
在艾略特垂死的荒原，呼吸着旱灾
　　　　　　　　　　　　老鼰死后
草重新青着青年的青青，从此地青到落矶山下
于是年轻的耳朵酩酊的耳朵都侧向西岸
敲打乐鲍勃·迪伦的旋律中侧向金斯堡和费灵格蒂
　　　　　　从威奇塔到柏克丽
　　　　　　降下艾略特
升起惠特曼，九缪斯，嫁给旧金山！
这样一种天气
就是这样的一种天气
吹什么风升什么样子的旗，气象台？

升自己的，还是众人一样的旗？
阿司匹林之后
仍是咳嗽是咳嗽是解嘲的咳嗽
不讨论天气，背风坐着，各打各的喷嚏
用一条拉链把灵魂盖起
在中国，该是呼吸沉重的清明或者不清明
蜗迹磷磷
菌子们围着石碑要考证些什么
　　　　　　　　考证些什么
　　　　　　　　考证些什么
一些齐人在墓间乞食着剩肴
任雷殛任电鞭也鞭不出孤魂的一声啼喊
在黄梅雨，在黄梅雨的月份
中国中国你令我伤心

在林肯解放了的云下
惠特曼庆祝过的草上
坐下，面对鲜美的野餐
中国中国你哽在我喉间，难以下咽

东方式的悲观
怀疑自己是否年轻是否曾经年轻过
（从未年轻过便死去是可悲的）
国殇日后仍然不快乐
仍然不快乐啊颇不快乐极其不快乐不快乐
这样郁郁地孵下去
大概什么翅膀也孵不出来
中国中国你令我早衰

白昼之后仍然是黑夜
一种公式，一种狰狞的幽默
层层的忧愁压积成黑矿，坚而多角
无光的开采中，沉重地睡下
我遂内燃成一条活火山带
我是神经导电的大陆
饮尽黄河也不能解渴
扪着脉搏，证实有一颗心还没有死去
还呼吸，还呼吸雷雨的空气
我的血管是黄河的支流

中国是我我是中国

每一次国耻留一块掌印我的颜面无完肤

中国中国你是一场惭愧的病，缠绵三十八年

该为你羞耻？自豪？我不能决定

我知道你仍是处女虽然你已被强奸过千次

中国中国你令我昏迷

何时

才停止无尽的争吵，我们

关于我的怯懦，你的贞操？

1987.6.2 于卡拉马如

在冷战的年代

《在冷战的年代》是我最近的一卷诗集。

都是一九六六年夏天回台北以后的作品。除了少数例外，这些诗所记录的，都是一个不肯认识的灵魂，与自己的生命激辩复激辩的声音。这场激辩，不在巴黎，纽约，也不在洛阳，长安，而是在此时此地的中国大陆。

现代诗发展到了今天，我们在心理的背景上，仍然不能摆脱巴黎或长安。让萨特或李白的血流到自己的蓝墨水里来，原是免不了也是很正常的现象。但是如果自己的蓝墨水中只有境外人或唐朝人的血液，那恐怕只能视为一种病态了吧？如果说，生活是一个考场，则进场的时候，无论夹带的是萨特或是李白，总不是一种诚实的态度。可是今日正有不少诗人满口袋都是夹带。事实上，非巴黎或长安不为诗的现象，说明了一个作者有多狭窄，多公式化。且以武侠为例。据说武功真到出神入化的时候，一根筷子，一茎稻草，也可以当兵器使用。我觉得这种说法很有点寓意，不可全嗤为迷信。因为这时，所谓武功已经在武士身上，无所施而不见其神。一定要佩一把剑才能使剑的，已经落入第二流了，不是吗？再打一个譬喻。吕洞宾点石成金，最重要的不是石也不是金，而是吕洞宾的手指，不，他的道术。那许多开口存在闭口现代如咀嚼口香糖的作者，正以为黄金是在石中。

唯有真正属于民族的，才能真正成为国际的。这是我坚持不变的信念。为了坚持这个信念，我曾经丧失了许多昂贵的友情。不过，一个决心远行的人，原就应该有独行的准备啊。

余光中

1969年6月5日

致读者

一千个故事是一个故事
那主题永远是一个主题
永远是一个羞耻和荣誉
当我说中国时我只是说
有这么一个人：像我像他像你

To the Reader

A thousand stories make one story;
The theme forever same's the theme
Forever the shame and the glory;
When I say China I only mean
Such as myself and you and him.

双人床

让战争在双人床外进行
躺在你长长的斜坡上
听流弹，像一把呼啸的萤火
在你的，我的头顶窜过
窜过我的胡须和你的头发
让政变和革命在四周呐喊
至少爱情在我们的一边
至少破晓前我们很安全
当一切都不再可靠
靠在你弹性的斜坡上
今夜，即使会山崩或地震
最多跌进你低低的盆地
让旗和铜号在高原上举起
至少有六尺的韵律是我们
至少日出前你完全是我的
仍滑腻，仍柔软，仍可以烫熟
一种纯粹而精细的疯狂

让夜和死亡在黑的边境
发动永恒第一千次围城
惟我们循螺纹急降，天国在下
卷入你四肢美丽的旋涡

1966.12.3

野炮

百年后，你将在博物馆看见
这尊黑凛凛的巨兽
吐完喉中的敌意，膛中的恨
在火狱和烟网，呼痛和呼救之后
搁浅在历史无助的岸边
不可解的一具尸骸，曾是恐龙
几分可骇，和更多的可笑，可悯
百年后，你将在国立公园里看见
这重吨的黑魅，灵魂涤尽骄蛮
一个退休的屠夫，再度恢复
古金属的好脾气和纯朴
斑斓剥落的慈爱，冷静如僧
百年后，他将柔驯地蹲伏
在健忘的草地上，任鸽群
任无知的鸽群在四周沉吟
任孩子们合唱，骑在炮管上，幻想
胯下是长颈鹿，是王子的白马

任年轻的母亲以他为背景
在橄榄树下准备野餐
而且微笑，向快门与镜头
在百年，在百年之后
而且不了解，在百年，在百年之前
一分钟的疯狂比一百年更长
当暴怒的巨灵啊你的铁臂举起
众神掩面，天使垂泪
也不可劝解，一寸，也不可挽回
铁臂举起，成一个亵渎的斜度
长膛正热，毒咒在膛中沸滚
你的斥骂宏亮一如真理
浓烟中，春泥飞溅如雨
你大声呵斥，掀起草皮
天痴，地裴，你大声喝止
烂肺的呛咳，烂眼的呻吟
母亲低泣，孤儿合唱队的啼声

1966 耶诞

或者所谓春天

或者所谓春天也不过就在电话亭的那边
厦门街的那边有一些蠢蠢的记忆的那边
航空信就从那里开始
眼睛就从那里忍受
邮戳邮戳邮戳
各种文字的打击
或者那许多秘密邮筒已忘记
围巾遮住大半个灵魂
流行了樱花流行感冒
总是这样子，四月来时先通知鼻子
回家，走同安街的巷子

或者在这座城里一泡真泡了十几个春天
不算春天的春天，泡了又泡
这件事，一想起就觉得好冤
或者所谓春天
最后也不过就是这样子：

一些受伤的记忆
一些欲望和灰尘
一股开胃的葱味从那边的厨房
然后是淡淡的油墨从一份晚报
报导郊区的花讯

或者所谓老教授不过是新来的讲师变成
讲师曾是新刮脸的学生
所谓一辈子也不过打那么半打领带
第一次，约会的那条
引她咯咯地发笑
或者毕业舞会的那条
换了婚礼的那条换了
或者浅绯的那条后来变成
变成深咖啡的这条，不放糖的咖啡
想起这也是一种分期的自缢，或者
不能算怎么残忍，除了有点窒息

或者所谓春天也只是一种轻脆的标本

一张书签，曾是水仙或蝴蝶
书签在韦氏大字典里字典在图书馆的楼上
楼高四层高过所有的暮色
楼怕高书怕旧旧书最怕有书签
好遥好远的春天，青岛
的春天，盖提斯堡
的春天，布谷满天
苹果花落得满地，四月，比鞋底更低
比蜂更高鸟更高，比内战内战的公墓墓上的草

而回想起来时也不见得就不像一生

　　所谓童年
　　所谓抗战
　　所谓高二
　　所谓大三
　　所谓蜜月，并非不月蚀
　　所谓贫穷，并非不美丽
　　所谓妻，曾是新娘

所谓新娘，曾是女友
所谓女友，曾非常害羞
所谓不成名以及成名
所谓朽以及不朽
或者所谓春天

1967.3.4

夜行人

潮湿的黑土上是冰冷的草叶之上
是凉蠕蠕的六脚爬过是我的靴子
踩过之上是黑晶晶的眼瞳闪动之上是风
是风是风吹的空间有星有星在烧着时间
在时间空间的接缝在接缝更上面
也许有神也许什么也没有也许
把神话翻过来连封底也不见
所以星际有星际的谣言例如天使
例如天使有九级的种种传闻
该信不该信该怎样去决定
犹长长的夜犹上面是光年下面是公里
疑星象是一具假面假面的后面
是怎样的脸怎样的一种意志
而生命怎样来是否就怎样回去
的路是水而向下是火而向上
想有些长途长得要用光年计算
就受到一种异常精巧的伤害

秒针刺在灵魂最痛处的感觉
譬如夜应该酣酣的黑或是该多梦
总该发生点什么譬如枕下孵七个魇
总比什么也不信什么也毫不怀疑
想星之下是风是云云是千层
好高的一叠寂寞之下是搜寻的黑瞳
是孤立的鼻尖之下是暧昧的胡须
之下是绝对像半岛的下巴绝对
像半岛那样任性地伸入未知
未知有软体爬虫肉麻的复脚爬过
爬过已经有露滴来投宿的草叶
更下面是黑土潮湿霉腐而肥沃
脚印重叠着脚印我的脚印虫的脚印之下
是伏羲的燧人的脚印之下是谁人的脚印?

1967.3.29

蠋梦蝶

——赠周梦蝶

希腊人以灵魂为蝶，自垂死者口中飞出。基督徒P凡躯为蠋，死而成蝶，是为灵魂。昔者庄周梦为蝴蝶，栩栩然蝴蝶也，自喻适志与，不知周也。俄然觉，则蘧蘧然周也。不知周之梦为蝴蝶与，蝴蝶之梦为周与。

最后必定有翅膀自你的口中飞出
那时你不再是你，蝴蝶不再
是蝴蝶，则究竟栩栩是谁，蘧蘧
是谁，又有什么区别？
庄周的午睡里飞着蝴蝶
睡者寤时，蝴蝶就敛翅

不自由的灵魂要绝对的自由。梦
一半的自由只是，另一半，是诗
梦是诗未实现，未实现
就死去，而诗，梦的标本

睁眼，在现实的催眠下奇异地完成
可抚摸的，一种凝定的翩跹
没有什么是绝对的自由，除非
那锦翅飞走，自洞黑的口中
于是逍遥游是逍遥游
你是你，你曾是你，是蠋，是蛹
但分裂不是自由，是减少
是蠋的被弃，蝶的遁逃

甚么焦灼，甚么焚心的焦灼更长
比这短短的，五呎三吋
自颅至踵？从武昌街到厦门街
从公元以前到一九六七
甚么忧烦有更重的重量
比这一百零几磅？

蠋梦蝶。这便是自由的意义
无限自有限开始，不朽，由此去
而蠋啊，不可忍的丑陋要忍受

一扇窄门，一人一次仅容身
一切美的，必须穿过
凡飞的，必先会爬行

——俄然，觉

1967.5.30

樱桃呢总是

樱桃呢总是今年更贵，比去年
去年是一树，今年是一篮
也许明年只剩下一颗，酸酸
的一颗，剩下来，给谁？给我？

看清了圆满的标价，自从
就没有减价，只有涨价
最后，穷得会买不起春天
最后，会欠得不让我再欠

最后会关进窄小的监狱
用世界上，世界下所有的岁月
清算我用过的，欠过的春天
樱桃呢总是明年更贵，比今年

1967.10.26

越洋电话

要考就考托福的考试
要迷就迷很迷你的裙子
我说，Susie
要签就签上领事的名字
要来就来过复活节，现在是三月
一个人看彩蛋要流泪的
（对不起，三分钟到了）

要考就考托福的考试
要迷就迷很迷你的裙子
我说，Susie
要签就签上领事的名字
要来就来过感恩节，现在是十月
一个人吃火鸡要流泪的
（对不起，六分钟到了）

要考就考托福的考试

要迷就迷很迷你的裙子

我说，Susie

要签就签上领事的名字

要来就来过圣诞节，现在已下雪

一个人听圣歌要流泪的

（对不起，九分钟到了）

1967.10.31

在冷战的年代

在冷战的年代，走下新生南路
他想起那热战，那热烘烘的抗战
想起卢沟桥，怒吼，桥上所有的狮子
向武士刀，对岸的樱花武士
“万里长城万里长，长城外面——
是故乡”，想起一个民族，怎样
在同一个旋律里咀嚼流亡
从山海关到韶关。他的家
在长城，不，长江以南，但是那歌调
每一次，都令他心酸酸，鼻子酸酸
“万里长城万里长，长城外面是——”
歌，是平常的歌，不平常
是唱歌的年代，一起唱的人
一起流亡，在后方的一个小镇
一千个叮咛，一千次敲打
邮戳敲打谁人的叮咛
两种面貌是流亡的岁月

正面，是邮票，反面，是车票
一首旧歌，一枚照明弹
二十年前的记忆，忽然，被照明
在冷战的年代，走下新生南路
他想起，那音乐会上，刚才
十七岁，最多是十八，那女孩
还不曾诞生，在他唱歌的年代
今夜那些听众，一大半，还不曾诞生
不知道什么是英租界，日本租界
滇缅路，青年军，草鞋，平价米，草鞋
空空洞洞，防空洞中的岁月，“月光光
照他乡”，月光之外，夷烧弹的火光
停电夜，大轰炸的前夜，也是那样
那样一个晚会，也是那样
好乖好灵的一个女孩
唱同样的那一支歌，唱得
不好，但令他激动而流泪
“不要难过了”，笑笑，她说
“月亮真好，我要你送我回去”

后来她就戴上了他的指环
将爱笑的眼睛，盖印一样
盖在婷婷和幺幺的脸上
那竟是——念多年前的事了
天上的七七，地上的七七
她的墓在观音山，淡水对岸
去年的清明节，前年的清明
走下新生南路，在冷战的年代
他想起，清清冷冷的公寓
一张双人旧床在等他回去
“月亮真好，我要你送我回去”
想起如何，先人的墓在大陆
妻的墓在岛上，幺幺和婷婷
都走了，只剩下他一人
三代分三个，不，四个世界
长城万里，孤蓬万里，月亮真好，他说
一面走下新生南路，在冷战的年代

1968.5.7

读脸的人

有客自远方来，眉间有远方的风雨
我要他讲一些可惊的事情
“那些面孔！没有什么比那些更可惊”
他说。“一张脸是一个裸体的灵魂
敏感如花，阴鸷如盾，狰狞如伤口
或美，或丑，读一张，就一次战抖
终于每一个梦都用脸，那些脸，组成
那些脸，脸的图案，不，脸的旋涡
在我四周疯狂地旋转”
“不要再说了！”我哀伤地哭道
埋自己的脸，惶然，在掌间
“也没有什么比一张脸更深”那怪客
须间隐隐有雷声的那怪客，他说
“有一张我读过，像一口古井
下面旋转着回音，令人心悸
曾经，我翻遍所有的史籍
找那古国最难忘的一页

直到有一晚，忽然，我发现
那一页竟是——父亲的脸
于是一夜间，我读遍那些纹路
从最早的神话到最近的战争
那些纹路！那些交错的皱纹！
一条夭矫如蛟，一条如樱树
弯弯的一条如刀，割人如割草
灾难的轮辙碾过去，痕迹纵横
这样的一口井，不能久看
怕看井的人一张口，心就落井
就这样，噩梦延长，直到卯辰
一转身，就出现那孩子的脸
晶亮的眼睛流溢着惊异
可笑，可爱，不怎么耐看
新得像一朵雏菊，一个预言
我看见那张脸向我仰起
似乎在庆祝一件事要过去
我看见那张脸举起了信仰
像一朵雏菊自一亩荒田……”

说着，他眉间透出了阳光

我认出失踪的，很久以前

我认出自己失踪的兄弟

有客自远方来，自远方的风雨

1968.5.19

一枚铜币

我曾经紧紧握一枚铜币，在掌心
那是一家烧饼店的老头子找给我的
一枚旧铜币，侧像的浮雕已经模糊
依稀，我嗅到有一股臭气
一半是汗臭，一半，是所谓铜臭
上面还漾着一层恼人的油腻
一瞬间我曾经犹豫，不知道
这样脏的东西要不要接受
但是那卖油条的老人已经举起了手
无猜忌的微笑荡开皱纹如波纹
而我，也不自觉地摊开了掌心
一转眼，铜币已落在我掌上
没料到，它竟会那样子烫手
透过手掌，有一股热流
沸沸然涌进了我的心房。我不知道
刚才，是哪个小学生用它买车票
哪个情人曾用它卜卦，哪个工人

用污黑的手指捏它换油条
只知道那铜币此刻是我的
下一刻，将随一个陌生人离去
我紧紧地握住它，汗，油，和一切
像正在和全世界全人类握手
一直我以为自己懂一切的价值
百元钞值百元，一枚铜币值一枚铜币
这似乎是显然又显然的真理
但那个寒冷的早晨，我立在街心
恍然，握一枚烫手的铜币，在掌心

1968.6.2

白玉苦瓜

现代诗的三度空间，或许便是纵的历史感，横的地域感，加上纵横相交而成十字路口的现实感吧。

《白玉苦瓜》是我的第十本诗集。以《白玉苦瓜》为名，也许是因为这一首诗比较接近前面所悬“三度空间”的期望吧。

像所有的苦瓜，所有的生命一样，终必枯朽，但是经过了白玉也就是艺术的转化，假的苦瓜不仅延续了，也更提升了真苦瓜的生命。生命的苦瓜成了艺术的正果，这便是诗的意义。

现代诗为什么冷？摇滚乐为什么热？简单说来，是因为前者的形式不容易让人亲近，内容又不太切合时代与环境，而后者恰恰相反。诗和音乐结婚，歌乃生。十年前，谁要是为了歌去写一首诗，就会有追求“流行”的嫌疑。这种为晦涩殉道的高等幻觉，在今日，已经是落伍了。

至于我自己，对于诗与音乐的结合，是颇有兴趣与信心的。《白玉苦瓜》之中，和歌有关系的作品，竟然将近十首，便是最好的说明。譬如《乡愁四韵》一首，便是音乐家戴洪轩要我写的，据戴先生说，已经有四五位作曲家谱成了歌。另有青年歌手杨弦将它谱成了民谣，在今年六月一日的“胡德夫民谣演唱会”上，和胡德夫、李敏合唱，并且伴以邓豫德的钢琴，陈雪霞的古筝，和周嘉伦的提琴，听众千余人的反应很是热烈。此外，音乐家李泰祥曾将《民歌》与《海棠文身》谱曲，还有一位刘文六先生也将一首《云》（未收集中）编成了歌；可惜我自己都还没听到。歌的生命不应该仅止于五线谱上或演奏会中，它应该传诵于街头巷尾，活在广大青年的唇间。看来诗人和音乐家还有一大段路要走。

余光中

1974年端午之夜

江湖上

一双鞋，能踢几条街？
一双脚，能换几次鞋？
一口气，咽得下几座城？
一辈子，闯几次红灯？
　　答案啊答案
　　在茫茫的风里

一双眼，能燃烧到几岁？
一张嘴，吻多少次酒杯？
一头发，能抵抗几把梳子？
一颗心，能年轻几回？
　　答案啊答案
　　在茫茫的风里

为什么，信总在云上飞？
为什么，车票在手里？
为什么，噩梦在枕头下？

为什么，抱你的是大衣？

　　答案啊答案

　　在茫茫的风里

一片大陆，算不算你的国？

一个岛，算不算你的家？

一眨眼，算不算少年？

一辈子，算不算永远？

　　答案啊答案

　　在茫茫的风里

1970.1.16

本诗的叠句出于美国年轻一代最有才华的诗人与民歌手鲍勃·迪伦的一首歌*Blowin'in the Wind*。原句是The answer, myfriend, is blowing in the wind, the answer blowin'in the wind. “一片大陆”可指新大陆，也可指旧大陆；新大陆不可久留，旧大陆久不能归。

白霏霏

温柔的雪啊你什么也不肯说
嘤嘤婉婉谜样的叮咛
向右耳，向左耳
那样轻的手掌温柔的雪啊
那样小的唇

如果仰面，就有一千个吻
落在我脸上，美丽的痒
你该叫白霏霏温柔的雪啊
只有女友有那样白的嘴唇
那样白的手

一开就落，那是什么样的树?
一吻就失踪，什么样的嘴唇?
一抖就放手，什么样的手?
什么样的洁癖温柔的雪啊
一践就死亡?

在爱斯基摩的冰圆顶下

仰脸，举臂，像一个孩子

且张开馋了好久好久的嘴唇

只为舐一舐温柔的雪啊

小时的记忆

1970.1.26

莲花落

我想在我们这一代，最后
该有个乞丐从冷魇中醒来
挥起他的打狗棒
牙印斑斑的打狗棒
猛敲猛捶昏黄的月亮
把月亮敲成半缺的铜锣
把一条街的叫花子全吵醒
几十根打狗棒围打月亮
把月亮敲成一面战鼓
激昂的鼓声升起，升起
把月亮升成一面战旗
高于一切的犬吠，鬼哭
鼾声，一切失眠的诉苦
在长于历史的，那一夜里

1970.2.7

收藏家

小时候
他收集蝴蝶和风筝
和春天其他的一些标本
但那些华丽的翅膀
而且脆弱
一吹就断了

高三起
他收集车票和戏票
——全撕了角
为了一种瘟病叫恋爱
可终于收集不到
那女孩

然后他收集自己的美名
听众的掌声
读者的信

几捆以后已经很疲劳
一把高额的冥钞
那样子握着

四十岁以后他不再收集什么
除了每晚袋一沓名片
一沓苍白难记的脸
回去喂一根愤怒的火柴
看余烬里窜走
一只蟑螂

1971.8.24

民歌手

给我一张铿铿的吉他
一肩风里飘飘的长发
给我，一个回不去的家
一个远远的记忆叫从前
我是一个民歌手
给我的狗
给它一块小铜钱

江湖上来的，该走回江湖
走回青蛙和草和泥土
走回当初生我的土地
我的父，我的母
给我的狗
给它一根肉骨头
我是一个民歌手

风到何处，歌就吹到何处

路有多长，歌就有多长
草鞋就有多长，河水多清凉
从下游到上游
我是一个民歌手
岁月牵得多长
歌啊歌就牵得多长

多少靴子在路上，街上
多少额头在风里，雨里
多少眼睛因瞭望而受伤
我是一个民歌手
我的歌
我凉凉的歌是一帖药
敷在多少伤口上

推开门，推开小客栈的门
一个新酿的黎明我走进
一个黎明，芬芳如《诗经》
茫茫的雾晶晶的露

一个新的世界我走进

一边唱，一边走

我是一个民歌手

民歌

传说北方有一首民歌
只有黄河的肺活量能歌唱
从青海到黄海
　风　也听见
　沙　也听见

如果黄河冻成了冰河
还有长江最最母性的鼻音
从高原到平原
　鱼　也听见
　龙　也听见

如果长江冻成了冰河
还有我，还有我的红海在呼啸
从早潮到晚潮
　醒　也听见
　梦　也听见

有一天我的血也结冰
还有你的血他的血在合唱
从 A 型到 O 型
　哭　也听见
　笑　也听见

1971.12.18

海棠文身

一向忘了左胸口有一小块伤痕
为什么会在那里，是刀
挑的，还是剑
削的，还是谁温柔的唇
不温柔的诅咒所吻？
直到晚年
心脏发痛的那天
从镜中的裸身他发现
那块疤，那块疤已长大
谁当胸一掌的手印
一只血蟹，一张海棠文身
那扭曲变貌的图形他惊视
那海棠
究竟是外伤
还是内伤
再也分不清

1971.12.18

山雨

雾愈聚愈浓就浓成了阵雨
人愈走愈深就走进米南宫里
路愈转愈暗就暗下来吧黄昏
墨点点墨点成的墨景
更多的雾从谷底蒸起
究竟，是山在雨里
或是雨在山里
一座小亭子怎么说得清?
听!
森森矗立，林阴的深处
一声鸟
把四壁空山啭成了一句偈

1972.1.4

积木

诗成，才惊觉雨已经停了
全睡着了吧下面那世界
连雨声也不再陪我
就这样一个人守在塔上
最后的孤独是高高的孤独
——二十年后，依然在写诗
搭来搭去，依然是方块的积木
只是这游戏
一个人玩未免太凄然
从前的游伴已经都长大
这老不成熟的游戏啊
不再玩，不再陪我玩
最后的寂寞注定是我的
二十年后，依然在玩诗
依然相信，这种积木
只要搭得坚实而高，有一天
任何儿戏都不能推倒

一座孤独

有那样顽固

1972.1.15

乡愁

小时候
乡愁是一枚小小的邮票
我在这头
母亲在那头

长大后
乡愁是一张窄窄的船票
我在这头
新娘在那头

后来啊
乡愁是一方矮矮的坟墓
我在外头
母亲在里头

而现在
乡愁是一湾浅浅的海峡

我在这头

大陆在那头

1972.1.21

守夜人

五千年的这一头还亮着一盏灯
四十岁后还挺着一支笔
已经，这是最后的武器
即使围我三重
困我在黑黑无光的核心
缴械，那绝不可能
历史冷落的公墓里
任一座石门都捶不答应
空得恫人，空空，恫恫，的回声
从这一头到时间的那一头
一盏灯，推得开几英尺的浑沌？
壮年以后，挥笔的姿态
是拔剑的勇士或是拄杖的伤兵？
是我扶它走或是它扶我前进？
我输它血或是它输我血轮？
都不能回答，只知道
寒气凛凛在吹我颈毛

最后的守夜人守最后一盏灯
只为撑一幢倾斜的巨影
做梦，我没有空
更没有酣睡的权利

1973.2.22

摇摇民谣

轻轻地摇吧温柔的手
民谣的手啊轻轻地摇
轻轻地摇吧温柔的手
摇篮摇篮你轻轻地摇
炊烟炊烟你轻轻地吹
黄昏黄昏你弯下腰
你弯下腰来轻轻地摇
　　你一面摇
　　我一面摆
温柔的手啊你一面摇

慢慢地摇吧催眠的手
民谣的手啊慢慢地摇
慢慢地摇吧催眠的手
摇篮摇篮你慢慢地摇
织女织女你慢慢地飞
黑夜黑夜你低低地垂

你垂下发来慢慢地摇

　　你一面摇

　　我一面睡

催眠的手啊你一面摇

狠狠地摇吧健美的手

民谣的手啊狠狠地摇

狠狠地摇吧健美的手

摇篮摇篮你狠狠地摇

太阳太阳你亮亮地敲

黎明黎明你伸直腰

你伸直腰来狠狠地摇

　　你一面摇

　　我一面醒

健美的手啊你一面摇

1973.3.12

小小天问

不知道时间是火焰或旋涡
只知道它从指隙间流走
留下一只空空的手
老得握不成一把拳头
只知道额头它烧了又烧
年轻的激情烫得人心焦
焦掉的心只剩一堆灰
为了有一只雏凤要飞
出去，颤颤的翅膀向自由
不知道永恒是烈火或洪水
或是不燃烧也不回流

1974.2.1

白玉苦瓜

——台北“故宫博物院”所藏

似醒似睡，缓缓的柔光里
似悠悠醒自千年的大寐
一只瓜从从容容在成熟
一只苦瓜，不再是涩苦
日磨月磋琢出深孕的清莹
看茎须缭绕，叶掌抚抱
哪一年的丰收像一口要吸尽
古中国喂了又喂的乳浆
完美的圆腻啊酣然而饱
那触觉，不断向外膨胀
充实每一粒酪白的葡萄
直到瓜尖，仍翘着当日的新鲜

茫茫九州只缩成一张舆图
小时候不知道将它叠起
一任摊开那无穷无尽

硕大似记忆母亲，她的胸脯
你便向那片肥沃匍匐
用蒂用根索她的恩液
苦心的悲慈苦苦哺出
不幸呢还是大幸这婴孩
钟整个大陆的爱在一只苦瓜
皮靴踩过，马蹄踩过
重吨战车的履带踩过
一丝伤痕也不曾留下

只留下隔玻璃这奇迹难信
犹带着后土依依的祝福
在时光以外奇异的光中
熟着，一个自足的宇宙
饱满而不虞腐烂，一只仙果
不产在仙山，产在人间
久朽了，你的前身，唉，久朽
为你换胎的那手，那巧腕
千眄万睐巧将你引渡

笑对灵魂在白玉里流转

一首歌，咏生命曾经是瓜而苦

被永恒引渡，成果而甘

1974.2.11

乡愁四韵

给我一瓢长江水啊长江水
　　　　酒一样的长江水
　　　　醉酒的滋味
　　　　是乡愁的滋味
给我一瓢长江水啊长江水

给我一张海棠红啊海棠红
　　　　血一样的海棠红
　　　　沸血的烧痛
　　　　是乡愁的烧痛
给我一张海棠红啊海棠红

给我一片雪花白啊雪花白
　　　　信一样的雪花白
　　　　家信的等待
　　　　是乡愁的等待
给我一片雪花白啊雪花白

给我一朵腊梅香啊腊梅香

　　母亲一样的腊梅香

　　母亲的芬芳

　　是乡土的芬芳

给我一朵腊梅香啊腊梅香

1974.3

与永恒拔河

香港在各方面都是一个矛盾而对立的地方。政治上，有的是楚河与汉界，但也有超然与漠然的空间。语言上，方言和英文同样流行，但母音的国语反屈居少数。地理上，和大陆的母体似相连又似隔绝，和台湾似远阻又似邻近，同时和世界各国的交流又十分频繁。香港，借来的时间，租来的土地，在许多朋友的印象里，是一座红尘窒人摩肩接踵的城市，但很少人知道，广阔的新界却是颇富田园风味的。香港之于大陆是一例外，我山居所托的沙田，于香港又是一例外。

新环境对于一位作家恒是挑战，诗，其实是不断应战的内心记录。《与永恒拔河》里，几乎有一半的作品都是这新环境挑战下的产品。

近年论者评我的诗，颇有几位指出，忧国怀乡的主题不宜一再重复，以免沦于陈腔。这劝告是对的，任何主题原经不起再三抒写，而能否刷新题材，另拓视野，也往往成为诗人的一大考验。不过问题并不如此简单：相同的主题可用不同的手法来表现，正如相同的手法可用以表现不同的主题。例如杜甫之写战乱，同一主题，咏之再三，却因场合、季节、心境、诗体等等的差别而各异其趣，并非机械的重复。同时，《与永恒拔河》所以按主题分辑，也有意显示，我在忧国怀乡之外，也尝试了一些新的主题。记得最初出版第一本集子，已经是廿六年前的事，那时台湾的文坛正是天真的稚龄，还没有听说现代文学这回事，和我一起写诗的，是李莎和邓禹平、方思和夏菁。廿六年后和我一起发表诗的，却换了罗青和温瑞安、黄国彬、曹捷、陈德锦。其间，多少才思焕发的朋友搁下了笔，原期并辔而驰的朋友怎么竟纷纷离队而失群。乃悟诗的道路原是寂寞的长途，远行人应有独行的决心。至于潮流起落，理论消长，派别分合，时而现代姿态，时而古典花招，时而普罗口号，都只是西征途中东归道上的虚影幻象，徒令弱者迷路，却阻不了勇者的马蹄。所求于缪斯者，再给我十年的机会，那时竟无鬼神俱惊的杰作，也就怨不得她了。

余光中

1978 年 12 月记于沙田（摘录）

中秋月

冷冷，长安城头一轮月
有一只蟋蟀似在说
是一面迷镜，古仙人忘记带走
镜中河山隐隐，每到秋后
霜风紧，缥烟一拭更分明
清光探人太炯炯
再深的肝肠也难遁
一面古镜，古人不照照今人
一轮满月，故国不满满香港
正户户月饼，家家天台
天线纵横割碎了月光
二十五年一裂的创伤
何日重圆，八万万人共婵娟？
仰青天，问一面破镜

乙卯中秋

哥本哈根

长窗半开，向海峡的黄昏
哦，哥本哈根
北欧的初夏郁金香绣成
市政厅广场的后面
渡运河而来的是暮色渐酡
龙钟的老钟楼隆重地七点敲罢
满城的塔尖纤纤
衬着霞天，更瘦，更远了

去半岛的俊美水翼船
就泊在楼下，繁花的栗树外
白舷红帽，驶过第几艘邮轮
向挪威的峡江或是瑞典？
旧红砖砌街的码头
那废锚怀海的铁灰色巨影
有一首歌谣反复在咏味
海鸥在烟囱上飞

屠龙英雄的泽国，疑真疑幻

佯狂王子的故乡，是耶非耶

海盗的下锚处，童话的名都

山楂共栗树的飘香

犹一半是豪放，一半温柔

而随你怎么说，淼淼的海上

连最斜的那片远帆也承认

长夏，已来到北欧

日长夜短，酒座的花伞撑着永昼

怎么也黑不下来的

丹麦之夜，城西犹晚醺

城东，咦，已曙色，恁短的水夜

不甘就交给床，也莫要关窗

且听咸风空阔的堤外

一切桅篷与锚链都为之微微颤动的

竟夕，那人鱼的悲吟

淡水河上

淡水河淡淡流过你眼睛

河上是雨，雨中是灯火

黄蒙蒙温温驯驯的灯火，一盏

偎在你发上，一盏，在耳旁

更三三五五你眼睛里荡漾

淡水河浅浅流过你眼睛

清明头，端午尾，难断这寒霏霏

岛上的岁月常在雨里

蛙声蝉韵最后一个暑假

淡水河悠悠流过你眼睛

雨失落在河里，河呢，失落在海里

无端失落的总似最美丽

多少眼眸失落在他乡

年年此际向东飞，走多少孩子

夜蛙昼蝉空留这城市

攫你去风上云上，一吼七四七

浩浩看太平洋，滚滚看密西西比
狂蓝狂澜汹打你惊骇
的眼眸，岛在梦里
淡水河淡淡流过你眼睛

听瓶记

一直以为全世界所有的瓶
都是空的，无所用心
直到有一天俯向瓶口
惊闻全世界所有的声音
都在瓶底回荡又回荡
听不厌，隐隐浑圆的妙响
亦如我心底澄澈的宁静
原是举世滔滔
逆耳旋来的千般噪音

与永恒拔河

输是最后总归要输的
连人带绳都跌过界去
于是游戏终止
——又一场不公平的竞争
但对岸的力量一分神
也会失手，会踏过界来
一只半只留下
脚印的奇迹，愕然天机
唯暗里，绳索的另一头
紧而不断，久而愈强
究竟，是怎样一个对手
踉跄过界之前
谁也未见过
只风吹星光颤
不休剩我
与永恒拔河

1978.2.26

唐马

骁腾腾兀自屹立那神驹
刷动双耳，惊诧似远闻一千多年前
居庸关外的风沙，每到春天
青青犹念边草，月明秦时
关峙汉代，而风声无穷是大唐的雄风
自古驿道尽头吹来，长鬃在风里飘动
旌旗在风里招，多少英雄
泼剌剌四蹄过处泼剌剌
千蹄踏万蹄蹴扰扰中原的尘土
叩，寂寞古神州，成一面巨鼓
青史野史鞍上镫上的故事
无非你引颈仰天一悲嘶
寥落江湖的蹄印。皆逝矣
未随豪杰俱逝的你是
失群一孤骏，失落在玻璃柜里
软绵绵那绿绸垫子垫在你蹄下
一方小草原驰不起战尘

看修鬣短尾，怒齿复瞋目
暖黄冷绿的三彩釉身
纵边警再起，壮士一声唿哨
你岂能踢破这透明的梦境
玻璃碎纷纷，突围而去？
仍穹庐苍苍，四野茫茫
觱篥无声，五单于都已沉睡
沉睡了，眈眈的弓弩手射雕手
穷边上熊觊狼觎早换了新敌
毡帽压眉，碧眼在暗中窥
黑龙江对岸一排排重机枪手
筋骨不朽雄赳赳千里的骅骝
是谁的魔指冥冥一施蛊
缩你成如此精巧的宠物
公开的幽禁里，任人亲狎又玩赏
浑不闻隔音的博物馆门外
芳草衬蹄，循环的跑道上
你轩昂的龙裔一圈圈在追逐
胡骑与羌兵？不，银杯与银盾

只为看台上，你昔日骑士的子子孙孙

患得患失，壁上观一排排坐定

不谙骑术，只诵马经

漂给屈原

有水的地方就有龙舟
有龙舟竞渡就有人击鼓
你恒在鼓声的前方引路
哀丽的水鬼啊你的漂魂
从上游追你到下游那鼓声
从上个端午到下个端午

湘水悠悠无数的水鬼
冤缠荇藻怎洗涤得清？
千年的水鬼唯你成江神
非湘水净你，是你净湘水
你奋身一跃，所有的波涛
汀芷浦兰流芳到现今

亦何须招魂招亡魂归去
你流浪的诗族诗裔
涉沅济湘，渡更远的海峡

有水的地方就有人想家

有岸的地方楚歌就四起

你就在歌里，风里，水里

隔水观音

《隔水观音》是我的第十三本诗集，也是我来香港后的第二本诗集。书以《隔水观音》为名，寓有对海岛的怀念。“观音”不但指台北风景焦点的观音山，也指整个海岛，隐含南海观音之意，所以“隔水观音”也不但隔淡水河，更隔南海的烟波。

在主题上，直抒乡愁国难的作品减少了许多，取代它的，是对于历史和文化的探索，《湘逝》最后的五六句，写的虽然是杜甫，其中却也有自己的心愿，而且暗寓了艺术比政局耐久的信念。文化渡海，浅者在前；最先是歌，然后是小说，最后，当然是诗。

在语言上，我渐渐不像以前那么刻意去炼字锻句，而趋于任其自然。二十世纪六十年代的诗追求所谓张力，有时到了紧张而断的程度；七十年代矫枉过正，又往往松不成弦，连坏散文都说不上。紧张的诗不容易写得恰到好处，所以六十年代真能传后的作品不多。另一方面，恬淡的诗也难恰到好处，今日许多标榜朴素的作品，其实只是随便与散漫而已。

目前我写的诗大概不出两类：一类是为中国文化

造像，即使所造是侧影或背影，总是中国。忧国愁乡之作大半是儒家的担当，也许已成我的“基调”，但也不妨用道家的旷达稍加“变调”；其实中国的诗人多少都有这么两面的。另一类则是超文化超地域的，像《惊蛙》这样的诗我也喜欢写。除了和我的散文《牛蛙记》是一胎双婴之外，它一空依傍，没有来历，纯然是现代的产物。有时候，诗人也不妨写几篇令学者手忙脚乱的作品。

余光中

1982 年秋末于沙田（摘录）

湘逝

——杜甫殁前舟中独白

把漂泊的暮年托付给一棹孤舟
把孤舟托给北征的湘水
把湘水付给蒙蒙的雨季
似海洞庭，日夜摇撼着乾坤
夔府东来是江陵是公安
岳阳南下更耒阳，深入疠瘴
倾洪涛不熄遍地的兵燹
溽郁郁乘暴涨的江水回棹
冒着豪雨，在病倒之前
向汉阳和襄阳，乱后回去北方
静了胡尘，向再清的渭水
倒映回京的旌旗，赫赫衣冠
犹峥汉家的陵阙，镇着长安

出峡两载落魄的浪游
云梦无路杯中亦无酒

西顾巴蜀怎么都关进
巫山巫峡峭壁那千门
一层峻一层瞿塘的险滩?
草堂无主，苔藓侵入了屐痕
那四树小松，客中殷勤所手栽
该已高过人顶了?记得当年
蹇驴与驽马悲嘶，剑阁一过
秦中的哭声可怜更深锁
在栈道的云后，胡骑的尘里
再回头已是峡外望剑外
水国的远客羡山国的近旅

十四年一觉噩梦，听范阳的鼙鼓
遍地擂来，惊溃五陵的少年
李白去后，炉冷剑锈
鱼龙从上游寂寞到下游
辜负了匡山的云雾空悠悠
饮者住杯，留下诗名和酒友
更偃了，严武和高适的麾旗

蜀中是伤心地，岂堪再回楫？
劫后这病骨，即使挺到了京兆
风里的大雁塔与谁重登？
更无一字是旧游的岑参
过尽多少雁阵，湘江上
盼不到一札南来的音讯

白帝城下捣衣杵捣打着乡心
悲笳隐隐绕着多堞的山楼
窄峡深峭，鸟喧和猿啸
激起的回音：这些已经够消受
况又落花的季节，客在江南
乍一曲李龟年的旧歌
依稀战前的管弦，谁能下咽？
蛮荆重逢这一切，唉，都已近尾声
亦似临颍李娘健舞在边城
弟子都老了，夭矫公孙的舞袖
更莫问，莫问成都的街头
顾客无礼，白眼谁识得将军

南薰殿上毫端出神骏?

泽国水乡，真个是满地江湖
飘然一渔父，盟结沙鸥
船尾追随，尽是白衣的寒友
连日阴霖里长沙刚刚过了
总疑竹雨芦风湘灵在鼓瑟
哭舳后的太傅？舻前的大夫?
禹坟恍惚在九疑，坟下仍是
这水啊水的世界，潇湘浩荡接汨罗
那水遁诗人淋漓的古魂
可犹在追逐回流与盘涡?
或是兰桨齐歇，满船回眸的帝子
伞下簇拥着救起的屈子
正傍着枫崖要接我同去?
幻景逝了，冲起沙鸥四五
逝了，梦舟与仙侣，合上了楚辞
仍萧条隐几，在漏雨的船上
看老妻用青枫生火烧饭

好呛人，一片白烟在舱尾
何曾有西施弄桨和范蠡？
野猿啼晚了枫岸，看洪波淼漫
今夜又泊向哪一渚荒洲？
这破船，我流放的水屋
空载着满头白发，一身风瘫和肺气
汉水已无份，此生恐难见黄河
唯有诗句，纵经胡马的乱蹄
乘风，乘浪，乘络绎归客的背囊

有一天，会抵达西北的那片雨云下
梦里少年的长安

1979.5.26

夜读东坡

淅沥沥清明一雨到端午
暮色薄处总有只鹁鸪
在童年的那头无助地喊我
喊我回家去，而每天夜里
低音牛蛙深沉的腹语
一呼群应，那丹田勃发的中气
撼动潮湿的低空，时响，时寂
像裸夏在鼾呼。一壶浓茶
一卷东坡的诗选伴我
细味雨夜的苦涩与温馨
魔幻的白烟袅袅，自杯中升起
三折之后便恍惚，咦，接上了
岭南的瘴气，蛮烟荒雨
便见你一头瘦驴拨雾南来
负着楞严或陶诗，领着稚子
踏着屈原和韩愈的征途
此生老去在江湖，霜鬓迎风

飘拂赵官家最南的驿站
再回头，中原青青只一线
浮在鸥鹭也畏渡的晚潮
那一望无奈的浩蓝，阻绝归梦
便是参寥师口中的苦海么？
或是大鹏游戏的南溟？
小小的恶作剧，汴京所摆布
可值你临风向北一长啸？
最远的贬谪，远过贾谊
只当作乘兴的壮游，深入洪荒
独啖满岛的荔枝，绛圆无数
笑渴待的妃子凭栏在北方
九百年的雪泥，都化尽了
留下最美丽的鸿爪，令人低回
从此地到琼州，茫茫烟水
你豪放的魂魄仍附在波上
长吟：“海南万里真吾乡”
蜃楼起处，舟人一齐回头
愕指之间只余下了海雾

茶，犹未冷，迷烟正绕着杯缘
在灯下，盘，盘，升起

1979.5.26

隔水观音

——淡水回台北途中所想

依旧是河声入海，车声进城

　　轮滚现代

　　水归永恒

依旧是水枕一觉的侧影

依旧是最美的距离——对岸

　　河流给岸看

　　岸分给人看

行人看十里的妙相曼颜

隔水膜拜——目拜已半生

　　出城是左顾

　　回程是右眄

波际依稀是紫竹的清芬

三十年，在你不过是一炷烟

倦了，香客

老了，行人

映水的纤姿却永不改变

伸手可及？难忘黛髻与青鬟

即远在海外

即恍在梦中

仍安慰我异乡一夕的惊魇

让高速公路在远方呼啸

啸响现代

啸醒未来

且拍你千年的小寐吧，海涛

让行人都老去，只要你年轻

让地灵水怪

让一切贪顽

都俯首你普度的悲悯

让我心随洲上的群鹭

　　上下涉水

　　来回趁波

像一片白烟依恋在古渡

你无所回应，却无不听闻

　　喃喃的私祷

　　默默的请求

你一定全许了我吧，观音？

1979.8.15

戏李白

你曾是黄河之水天上来

　　阴山动

　　龙门开

而今黄河反从你的句中来

　　惊涛与豪笑

　　万里滔滔入海

那轰动匡庐的大瀑布

　　无中生有

　　不止不休

　　可是你倾侧的小酒壶?

黄河西来，大江东去

此外五千年都已沉寂

有一条黄河，你已够热闹的了

大江，就让给苏家那乡弟吧

　　天下二分

　　都归了蜀人

你踞龙门
他领赤壁

附记：

李白《公无渡河》有句云："黄河西来决昆仑，咆哮万里触龙门。"其《西岳云台歌送丹丘子》又云："西岳峥嵘何壮哉，黄河如丝天际来。黄河万里触山动，盘涡毂转秦地雷。"至于《将进酒》之名句，更是无人不知。我认为诗赞黄河，太白独步千古；词美长江，东坡凌驾前人，因此未遑安置屈原和杜甫，就径尊李白为河伯，僭举苏轼作江神。这两位诗宗偏又都是蜀人。据考证，李白生于中亚之碎叶城，五岁随父迁回中原，在四川江油的青莲乡长大，其后在诗中也一再自居蜀人。四川当然属于长江流域；把中国两大圣水都给了南人，对北人似乎有失公平。或许将来北方会出一位大诗人，用雄词丽句把黄河收了回去，也未可知。

写于 1980 年 4 月 26 日

寻李白

——痛饮狂歌空度日 飞扬跋扈为谁雄

那一双傲慢的靴子至今还落在
高力士羞愤的手里，人却不见了
把满地的难民和伤兵
把胡马和羌马交践的节奏
留给杜二去细细地苦吟
自从那年贺知章眼花了
认你做谪仙，便更加佯狂
用一只中了魔咒的小酒壶
把自己藏起，连太太都寻不到你
怨长安城小而壶中天长
在所有的诗里你都预言
会突然水遁，或许就在明天
只扁舟破浪，乱发当风
——而今，果然你失了踪

树敌如林，世人皆欲杀

肝硬化怎杀得死你?

酒入豪肠，七分酿成了月光

余下的三分啸成剑气

绣口一吐就半个盛唐

从开元到天宝，从洛阳到咸阳

冠盖满途车骑的嚣闹

不及千年后你的一首

水晶绝句轻叩我额头

当地一弹挑起的回音

一贬世上已经够落魄

再放夜郎毋乃太难堪

至今成谜是你的籍贯

陇西或山东，青莲乡或碎叶城

不如归去归哪个故乡?

凡你醉处，你说过，皆非他乡

失踪，是天才唯一的下场

身后事，究竟你遁向何处?

猿啼不住，杜二也苦劝你不住

一回头囚窗下竟已白头
七仙，五友，都救不了你了
匡山给雾锁了，无路可入
仍炉火未纯青，就半粒丹砂
怎追蹑葛洪袖里的流霞？

樽中月影，或许那才是你故乡
常得你一生痴痴地仰望？
而无论出门向西笑，向西哭
长安都早已陷落
这二十四万里的归程
也不必惊动大鹏了，也无须招鹤
只消把酒杯向半空一扔
便旋成一只霍霍的飞碟
诡绿的闪光愈转愈快
接你回传说里去

1980.4.27

念李白

——我本楚狂人，凤歌笑孔丘

现在你已经绝对自由了
从前你被囚了六十二年
你追求的仙境也不在药炉
也不在遁身难久的酒壶
那妙异的天地
开阖只随你入神的毫尖
所有人面鸟心的孩童
远足一攀到最高峰
就觉得更远的那片锦云
是你仿佛在向他招手
现在你已经完全自由

列圣列贤在孔庙的两庑
肃静的香火里暗暗地羡慕
有一个饮者自称楚狂
不饮已醉，一醉更狂妄
不到夜郎已经够自大

幸而贬你未曾到夜郎
愕然回头儒巾三千顶
看你一人无端地纵笑
仰天长笑，临江大笑
出门对长安的方向远笑，低头
对杯底的月光微笑

而在这一切的笑声里我听到
纵盛唐正当是天宝
世人对你的窃笑，冷笑
在背后起落似海潮
唯你的狂笑压倒了一切
连自己捶胸的恸哭
你是楚狂，不是楚大夫
现在你已经绝对自由了
儒冠三千不敢再笑你
自有更新的楚狂犯了庙规
令方巾愕然都回顾

1980.5.8

中秋
——姮娥操刀之二

一刀向人间，剖开了月饼
一刀向时间，等分了昼夜
为什么圆晶晶的中秋月
　要一刀挥成了残缺？

刀锋过处，落我们在两旁
中间是南海千年的风浪
寞寞是我的白昼惊短
　悠悠是苦你的夜长

去年是圆月的光辉一床
共看婵娟今夕在两岸
料我像昼会渐渐地消瘦
　你像夜会渐渐丰满

从此夜长，梦恐怕会加多

单枕是梦的起站和终站
该你凌波而翩翩东来呢
　或是我乘风去西南？

一轮神光开万户的私镜
姮娥是一切情人的投影
且将你的，用海云遮住
　让我夜深后来翻寻

附记：

今年九月二十三日，秋分巧与中秋相合。这样的巧合，上次是在一九四二年，那时我还是个孩子，浑沌未开，更不知道未来的太太在何方。中秋为家人团圆之夕，秋分为阴阳一割之日，乃兼而有之，真成美丽的矛盾了。

1980年10月19日记于厦门街

将进酒

客从海外来，带一瓶白兰地为礼
一出空旷的桃园大机场
便把那金碧富丽的高颈瓶子
美酒赠名士的姿势，献到我手里
说这是科尼亚克，最名贵的一级
说秋天到了，我高斋夜读
也该斟一杯异国的佳酿
澎湃起热血去抵抗这风寒
却忘了风，是从海峡的对岸
而秋，是莽莽从北方的平原
从浪子打雁，英雄射雕的天空
忘了他瘦友的忧胃愁肠
秋来就有种情绪在作怪
那毛病，是屈原和杜甫一脉所传来
千年的顽症怎能就轻易
付给法国的白葡萄园
哪一季的收成，去代为疗医？

握着金签的科尼亚克，我想
长颈细口一吻的轻狂
岂能解中年之渴在深处？
岂能解中原之渴在远方？
问纵横的血管啊盘郁的回肠

1980.10.25

紫荆赋

一位诗人过了中年，很容易陷入江郎才尽的困境。所谓江郎才尽，或许有两种情形：一是技穷，一是材尽。技穷，就是技巧一再重复，变不出新法。材尽，就是题材一再重复，翻不出新意。技穷，就是对文字不再敏感。材尽，就是对生命不再敏感。改变生活的环境，往往可以开发新的题材。

以前在吐露港上，常东望而念台湾。现在从西子湾头，倒过来，常西顾而怀香港。从中山大学文学院的红砖楼上西顾，我办公室的一排长窗正对着香港，说不出那一片水蓝的汪洋究竟是阻隔了还是连接了我的今昔。生命里注定有海。而不论在彼岸或在此岸，紫荆花，总能印证我眷眷的心情。

余光中

1986 年 4 月于西子湾（摘录）

夸父

为什么要苦苦去挽救黄昏呢?
那只是落日的背影
也不必吸尽大泽与长河
那只是落日的倒影
与其穷追苍茫的暮景
埋没在紫霭的冷烬
——何不回身挥杖
迎面奔向新绽的旭阳
去探千瓣之光的蕊心?
壮士的前途不在昨夜，在明晨
西奔是徒劳，奔回东方吧
既然是追不上了，就撞上

1982.4.20

踢踢踏

——木屐怀古组曲之二

踢踢踏

踏踏踢

给我一双小木屐

让我把童年敲敲醒

像用笨笨的小乐器

从巷头

到巷底

踢里踏拉

踏拉踢里

踢踢踏

踏踏踢

给我一双小木屐

童年的夏天在叫我

去追赶别的小把戏

从巷头

到巷底

踢里踏拉

踏拉踢里

跺了蹬

蹬了跺

给我一双小木拖

童年的夏天真热闹

成群的木拖满地拖

从日起

到日落

跺了蹬蹬

蹬了跺跺

踢踢踏

踏踏踢

给我一双小木屐

魔幻的节奏带领我

走回童话的小天地

从巷头

到巷底

踢里踏拉

踏拉踢里

1982.5.12

长青树

楼愈长是愈高，树愈锯是愈少
在远方的这么一座城里
犹有青意的两株老树
交荫着一条窄长的巷子
且低低地垂着
不胜负荷的满树回忆
　　一株，叫父亲
　　一株，叫岳母
苍柯伸在今日海峡的风里
盘错的树根却扎进
光绪年代多苔的故土
树皮裂成公开的纪录
白霜，黑雨，再也记不清几度
　　纵纹，叫清末
　　横纹，叫民初
我们是一年一归的候鸟
窝在风雨不摇的老树

念家的日子，更像是

飘浮在外空的破纸鸢

　　袅袅一线

永系在厦门街的长青树上

1982.5.9

你是那云

你是那云
任何风筝都追不上的
时昙，时阴
任何地平线都系不长的
你是那云

你是那浪
任何鱼网都网不到的
时来，时往
任何水平线都系不牢的
你是那浪

我是那风
似乎拥有了云霞的
时静，时动
似乎拥有了浪花的
我是那风

　云飘，浪逝
看风景就不再生动
只剩下空空洞洞的风
　无始，无终
说云的前身，浪的故事

1982.6.20

橄榄核舟

——台北故宫博物院所见

不相信一寸半长的橄榄细核
谁的妙手神雕又鬼刻
无中生有能把你挖空
剔成如此精致的小船
轻脆，易碎，像半透明的蝉蜕
北宋的江山魔指只一点
怎么就缩小了，缩小了，缩成
水晶柜里，不可思议的比例
在夸张的放大镜下，即使
也小得好诡异，令人目迷
舱里的主客或坐，或卧
恍惚的侧影谁是东坡
一捋长髯在千古的崩涛声里
飘然迎风？就算我敢
在世间的岸上隔水呼喊
（惊动厅上所有的观众）

舷边那须翁真的会回头？

一柄桂桨要追上三国的舳舻

击空明，溯流光，无论怎样

那夜的月色是永不褪色的了

——前身是橄榄有幸留仁

九百年后回味犹清甘

看时光如水荡着这仙船

在浪淘不尽的《赤壁赋》里

随大江东去又东去，而并未逝去

多少的豪杰如沙，都淘尽了

只剩下镜底这一撮小舟

船头对着夏口，船尾隐约

（只要你凝神静听）

还袅袅不绝地曳着当晚

那一缕箫声

后记：

苏轼赤壁之游，流传千古，时在北宋元丰五年，合公元一〇八二年，距今正为九个世纪，值得追念，橄榄核舟为清人陈祖章所镌，舟长不及二寸，有篷有窗，中有八人，情态各异，在放大镜下亦光影迷离，难以细辩。舟底并刻《赤壁赋》全文，鬼技神工，令人惊诧难信。七月回台北，在台北故宫博物院俯玩此物，已作是篇，暂不发表，留待今日（九月三日合阴历恰为“壬戌之秋，七月既望”），只为对九百年前那一个诗情哲理的水月之夜，表示无限的神往。东坡爱石成癖，《雪浪石》等作咏案头山水，皆有奇想，盖亦有柳子厚玩造化于衽席之意。以小喻大，将假作真，本东坡赤子之心，今以核舟戏之，料髯公不嗔也。

1982年7月12日于厦门街

飞碟之夜

——罗青画展所见

幽浮群大举入侵的那一夜
一半的王孙正围在牌桌上
另一半守在电视机旁
楚留香之后还赶午夜场
乐游原上有谁的眼睛在仰望?
连钦天监也在辋川别业作客
大暑后就没有值过夜了
那时的长安，你嗅嗅看
有多严重的空气污染
街灯之上如网的霓虹灯
——恰巧李白那夜在山顶
酒杯里蓦然异样的倒影
非月，非星，在稠靛色的夜里
青幽幽一盘盘的怪光，倏来倏去
未名稀金属的无轴飞轮
像决堤的银汉，上千上万

从潼关的方向滚滚地旋来
一盘盘可疑的巨唱碟，有胡笳隐隐
这一惊，酒意早醒了七分

第二天，谣言已经传遍
“又是喝多了吧，那谪仙！”
众人笑着，把诗人送去京里
最贵的那家精神病院
——当晚
安禄山的飞碟队占领了长安

1982.7.20

黄河

我是在下游饮长江的孩子
黄河的奶水没吮过一滴
惯饮的嘴唇都说那母乳
那滔滔的浪涛是最甘，也最苦
苍天黄土的大风沙里
你袒露胸脯成北方的平原
一代又一代，喂我辛苦的祖先
和祖先的远祖，商，周，秦，汉
全靠你一手摇动的摇篮
摇出了哭声，伴着一首
喉音多深沉的浑黄歌调
大禹驯得了你吗？一过虎口和龙门
就由你做主了，矫健的腰身
低低的泥岸怎揽你得住？
最早的记忆，一切传说与民谣
无非你浊潮翻滚的回声
水上的倒影，还记得有多少旗号

顺风扬起，逆风又倒下?
岸上的怨妇，波上的征夫
络绎待渡的贾客，迁客，和侠客
二十六次的改道，一千多遍的泛涝
没顶的游魂恨发飘飘
浮沉无主的那许多孩子，你的
那许多槎筏和骡马，都已经忘掉?
——最老，最年轻的，你这母亲
岸，仍是远古的野岸，无树又无山
河却是新来的河水，远从塞外
鸟稀星密，从青海的高台
巴颜喀喇的山根地脉，昆仑的石胎
从冰河冻锁的原始神话里
新出山来的一股清泉
为何源头的纯净一到中原
雪水就变了淤滞的泥沙?
羌笛和胡笳唤得住高处的牛羊
唤不住低处蛟龙的鳞甲
谁能向苍茫的渤海叫回黄河

见证古来的天灾，人祸？

依然是日朝西落，水朝东流

一丸酡日究竟能照顾

多少个渡口？想问问过路的鲤鱼

这就是刺客南来，宫人北去

一渡就回不了头的河水？

那带剑的燕客，抱琵琶的汉姬

都何处去了？数风流人物

还看今朝么？无数的今朝

又去了何处？只剩下照片里

这船夫弯腰独摇着单桨

空舱对着更空的穹苍

一捆柴木斜靠在船舷

自从有河就有这样的河汉

不知道河水从天上奔来还是从青海

只知道他生来与黄河同在

河到哪里人就到哪里

水灾又旱灾画满脸的皱纹

一道道，汇入了深邃的眼睛

风干的脸色亲着龟裂的土色
土黄的水色远连着天色
一痕地平线牵着水平线
那浩浩的浑水算不上美
却令人凝望得口渴，唇干
从河源到海口，奔放八千里的长流
为何一滴，仅仅是一滴黄浆
沾也沾不到我的唇上？
怔对水禾田壮阔的镜头
一刹那剧烈地感受
白发上头的海外遗孤
半辈子断奶的痛楚

后记：

一九八三年五月初，水禾田在香港艺术中心，展出他去年在黄河上下游所摄的照片约六十帧，观之壮人心目，动人遐想。更参阅黄国彬的游记《华山夏水》，写成上诗。壶口作虎口，俾与龙门相对。故国河川，神游若至，聊解远渴而已。

5月7日记于沙田

心血来潮

心血来潮，摇撼着远方的岛吗？
岛上的岩岸真会觉得
今晚的潮水特别的高吗？
一排又一排，溅着白沫
浪头昂得马头般高
是为了此刻我心血来潮吗？
潮水呼啸着，捣打着两岸
一道海峡，打南岸和北岸
正如此刻我心血来潮
奔向母爱的大陆和童贞的岛
这渺渺的心情，鼓浪又翻涛
至少有一只海鸥该知道
这一生，就被美丽的海峡
这无情的一把水蓝刀
永远切成两半了吗？
前一半在北浒，后一半在南岸？
千古的海水啊拍不醒的顽石

要拍到几时才肯点头呢？
看海鸥回翔的姿态
是谁，不肯放弃的灵魂？
我死后，哪一只又是我
是我辛苦的灵魂所依附？
徘徊在潮去潮来的海峡
追不尽生生死死的浪花
开开落落在顽石的绝壁
那样的无情，唉，又壮丽
就像此刻我心血来潮

1984.4.2

伞中游记

从日本回来的那个晚上
家人迫不及待地围住我开拆
——剥完了一层又一层
那些色调雅致的包装纸
上面断断续续地印着
半悟半猜的一些汉字
像唐碑宋帖，躲在不行不草的
怪体之间，在眨眼暗示

终于露出了几只竹杯
以节为底，还有只陶瓶
方口而长颈，浅青晶莹的瓶身
线条随机地走着裂纹
说是清水烧的名陶，江户风味
还有能剧的假面，黑齿，细眼
一脸诡昧的似笑非笑
还有把京扇子闪着古金

还有浮世绘薄薄的册页
落笔素净，敷色单纯
安藤广重或北斋的妙品
几个妇人浴后在拭身
涧水声中樵夫在过桥
——一面传观着这些，一面争问
子弹车快成什么样子？
天妇罗好吃呢还是寿司？

没人注意的一把小伞
从箱底我取了出来
悄悄地挂在门背后
悄悄地，深恐惊动
还有点湿意的黑绸褶里
那一城霏霏的京都春雨
雨中的禅寺，如许幽深
总有一弯碎石的小径

穿过竹丛或松荫，绕过古井

隐隐约约地没人，那导游说

《源氏物语》的第几帖里

——而我却总是怀疑

因为窸窣的翠竹背后

有什么人，是白居易吗？

在咳嗽

1984.6.1

十年看山

十年看山，不是看香港的青山
是这些青山的背后
那么无穷无尽的后土
四海漂泊的龙族，叫它做大陆
壮士登高叫它做九州
英雄落难叫它做江湖
看山十年，恨这些青山挡住门前
把那片朝北的梦土遮住
只为了小时候，一点顽固的回忆
看山十年，竟然青山都不曾入眼
却让紫荆花开了，唉，又谢了
十年过去，这门外的群峰
在诀别的前夕，猛一抬头
忽然青青都涌到了眼里，猛一回头
早已青青绵亘在心里
每当有人问起了行期
青青山色便哽塞在喉际

他日在对海，只怕这一片苍青
更将历历入我的梦来
——凌波的八仙，覆地的大帽
镇关的狮子，昂首的飞鹅
将缩成一堆多妩媚的盆景
再一回头，十年的缘分
都化了盆中的寸水寸山
顿悟那才是失去的梦土
十年一觉的酣甜，有青山守护
门前这一列，唉，无言的青山
把嚣嚣的口号挡在外面

1985.6.8

梦与地理

《梦与地理》是我的第十五本诗集，也是我自香港迁居高雄后的第一本诗集。

四年又八个月以前，我的临海楼居从吐露港迁来西子湾，写诗的窗口对着的已是另一片海天。这种地理的也是心情的“换位”，对诗人往往是一大考验，甚至一大危机。若是不能调整、适应，可能演成“失位”：也就是说，旧经验失去了，新经验却不能消化为新题材、新艺术。若是调适得当，足见知性未泯，感性未钝，而又综合得体，便能在美丽的新世界“就位”。

媒体日益便利，资讯日益繁多，即使你坐在家里，世界也会来敲你房门，所谓地球村，早已不是纯理论了。哈雷彗星来时，全世界的眼睛都举向这天外过客。冬季奥运也不必真去加拿大观赏，东德选手薇特奔放的舞姿，自然会映上你家的电视屏幕。在二十一世纪倒数将至的九十年代，一位作家不妨扎根于乡土，定位于民族，但同时也必须把触须伸向全世界。无论如何，文化的自闭症是患不起了。

余光中

1990 年 4 月于西子湾（摘录）

问烛

偶然，在停电的晚上
一截白蜡烛有心伴我
去探久已失落的世界
看它殷勤带路的姿势
和眷眷照顾着我的清光
是那样熟悉而可亲
——不免令人怀疑
它就是小时候巴山夜雨
陪我念书到梦的边缘
才黯然化烟而去的那支
每一截蜡烛有一段故事
用蕊心细细地诉给火听
桌上的这一截真的就是
四十年前相望的那支？
真的就是吗，烛啊，我问你
一阵风过你轻轻地摇头
有意无意地像在说否

有意无意地又像在说是
——就算你真是从前的那截
在恍然之间被我认出
又怎能指望，在摇幻的光中
你也认得出这就是我
认出眼前，咳，这陌生的白发
就是当日乌丝的少年？

1985.10.26

与李白同游高速公路

刚才在店里你应该少喝几杯的
进口的威士忌不比鲁酒
太烈了，要怪那汪伦
摆什么阔呢，尽叫胡姬
一遍又一遍向杯里乱斟
你该听医生的劝告，别听汪伦
肝硬化，昨天报上不是说
已升级为第七号杀手了么？
刚杀了一位武侠名家
你一直说要求仙，求侠
是昆仑太远了，就近向你的酒瓶
去寻找邋遢侠和糊涂仙吗？
——啊呀要小心，好险哪
超这种货柜车可不是儿戏
慢一点吧，慢一点，我求求你
这几年交通意外的统计
不下于安史之乱的伤亡

这跑天下呀究竟不是天马
跑高速公路也不是行空
速限哪，我的谪仙，是九十公里
你怎么开到一百四了？
别再作游仙诗了，还不如
去看斯皮尔伯格的片子
——咦，你听，好像是不祥的警笛
追上来了，就靠在路旁吧
跟我换一个位子，快，千万不能让
交警抓到你醉眼驾驶
血管里一大半流着酒精
诗人的形象已经够坏了
批评家和警察同样不留情
身份证上，是可疑的“无业”
别再提什么谪不谪仙
何况你的驾照上星期
早因为酒债给店里扣留了
高力士和议员们全得罪光了
贺知章又不在，看谁来保你？

——六千块吗？算了，我先垫
等《行路难》和《蜀道难》的官司
都打赢之后，版税到手
再还我好了：也真是不公平
出版法哪像交通规则
天天这样严重地执行？
要不是王维一早去参加
辋川污染的座谈会
我们原该
搭他的老爷车回屏东去的

1985.11.13

拜托，拜托

无辜的鸡头不要再斩了
　　拜托，拜托
阴间的菩萨不要再跪了
　　拜托，拜托
江湖的毒誓不要再发了
　　拜托，拜托
对头跟对手不再要骂了
　　拜托，拜托
美丽的谎话不要再吹了
　　拜托，拜托
不美丽的脏话不要再叫了
　　拜托，拜托
鞭炮跟喇叭不要再吵了
　　拜托，拜托
　　拜托，拜托
管你是几号都不选你了

1985.11.14

雨声说些什么

一夜的雨声说些什么呢?
楼上的灯问窗外的树
窗外的树问巷口的车
一夜的雨声说些什么呢?
巷口的车问远方的路
远方的路问上游的桥
一夜的雨声说些什么呢?
上游的桥问小时的伞
小时的伞问湿了的鞋
一夜的雨声说些什么呢?
湿了的鞋问乱叫的蛙
乱叫的蛙问四周的雾
说些什么呢，一夜的雨声?
四周的雾问楼上的灯
楼上的灯问灯下的人
灯下的人抬起头来说
　怎么还没有停啊:

从传说落到了现在

从霏霏落到了湃湃

从檐漏落到了江海

问你啊，蠢蠢的青苔

一夜的雨声说些什么呢?

1989.9.9

天问

水上的霞光啊
一条接一条，何以
都没入暮色了呢？

地上的灯光啊
一盏接一盏，何以
都没入夜色了呢？

天上的星光啊
一颗接一颗，何以
都没入曙色了呢？

我们的生命啊
一天接一天，何以
都归于永恒了呢？

而当我走时啊

把我接走的，究竟
是怎样的天色呢？

是暮色吗昏昏？
是夜色吗沉沉？
是曙色吗耿耿？

1986.9.26

无须警告我夜有多深

无须警告我夜有多深
已经该打四鼓或三更
——如果还有戍楼在守夜
也无须警告我，说这世界
在夜的阴影里仍然向东转
星河与灯海都挽留不住
转向怎样的一个明天
阴阳的大磨，压吧，向前
至少此刻归我所独有
这安静又安全的一刻
让我和自己从容地对谈
在世界的梦呓和鼾息之上
且听自己迫切的齿音
轻触此刻澈澈的清醒
无须警告我岁月已无多
而命运日渐逼迫的步声
迟早会来抓我去归案

叫门的急叩爆发之前
我必须坚持风格与尊严
把这篇自白书及时定稿
无须警告我夜有多深
山下那一港暧昧的风涛
走私的默剧正当高潮
要盗走夜宝盒里秘密的珍珠
而在另一种真幻的边境
一灯如月依依地照人
我也正在忙碌地私运
值得带过界来的瑰宝
虽然私枭和诗人都不羡慕
对方用梦换来的收获，正如
我不怕缉私队，他不怕历史
无须警告我夜有多深

1987.10.16

向日葵

木槌在克莉丝蒂[1]的大厅上

going

going

gone

砰然的一响，敲下去

三千九百万元的高价

买断了，全场紧张的呼吸

买断了，全世界惊羡的眼睛

买不回，断了，一只耳朵

买不回，焦了，一头赤发

买不回，松了，一嘴坏牙

买不回匆匆的三十七岁

木槌举起，对着热烈的会场

手枪举起，对着寂寞的心脏

1. 克莉丝蒂：CHRISTIE'S，旧译克里斯蒂拍卖行，即佳士得，是世界著名艺术品拍卖行之一。

断耳，going

赤发，going

坏牙，going

噩梦，going

羊癫疯，going

日记和信，going

医师和病床，going

亲爱的弟弟啊，going

砰然的一响，gone

一颗慷慨的心脏

迸成满地的向日葵满天的太阳

1988.4.9

后记：

一九八七年三月三十日，梵高诞辰九十七周年，他的一幅《向日葵》在伦敦克莉丝蒂拍卖公司卖出，破纪录的高价是美金三千九百八十五万元。Going，going，gone是拍卖成交时的吆喝，语终而木槌敲下。

安石榴

《安石榴》是我的第十六本诗集，这本诗集除了一些以水果为题的，其余的在题材上虽然多样，但是在主题上仍然辐辏于三大焦点：中国结、台湾心、香港情。

自从上世纪八十年代初期，两岸严关重闸渐次绽开以来，我心深处这中国结不再是一个死结，却仍然不能算是活结，但毕竟是松了不少。

余光中

1996 年 2 月于西子湾（摘录）

埔里甘蔗

无论是倒啖或者顺吃
每一口都是口福
第一口就咬入了佳境
却笑东晋的名士
嚼来还是太拘谨
而真要啖得痛快
就务必冰得彻底
尝到那样的甜头，几乎
舍不得吐掉渣子
直到咽最后的一口
还舔着黏黏的手指头
像刚断奶的孩子

看我，拿着甘蔗的样子
像吹弄着一支仙笛
一支可口的牧歌
每一节都是妙句

用春雨的祝福酿成
和南投芬芳的乡土
必须细细地咀嚼
让一股甘洌的清泉
从最深的内陆
来浇遍我渴望的肺腑
冰箱却冷冷地宣布
已经，是最后一枝

但向北的高速公路
羊蹄甲，木棉花
发得正艳的西螺站头
还有一千枝，一万枝
——我的一千五喜美银马
　　跃跃在楼下回答

荔枝

不必妃子在骊山上苦等
一匹汗马踢踏着红尘
夺来南方带露的新鲜
也不必诗人贬官到岭外
把万里的劫难换一盘口福
七月的水果摊口福成堆
旗山的路畔花伞成排
伞下的农妇吆喝着过客
赤鳞鳞的虬珠诱我停车
今夏的丰收任我满载
未曾入口已经够醒目
裸露的雪肤一入口，你想
该化作怎样消暑的津甜
且慢，且慢，急色的老饕
先交给冰箱去秘密珍藏
等冷艳沁澈了清甘
脱胎换骨成更妙的仙品

使唇舌兴奋而牙齿清醒
一宿之后再取出，你看
七八粒冻红托在白瓷盘里
东坡的三百颗无此冰凉
梵高和塞尚无此眼福
齐璜的画意怎忍下手？

1988.7.31

星光夜

——梵高百年祭之一

当所有的眼睛，在天上，都张开
而所有的眼睛，在地上，都闭起
只剩下一双，你的，在守夜
守着地上的梦，天上的光
见证满天灿亮的奇迹
一盘盘，一圈圈
都转成热烈的漩涡，被天河
滚滚的回波吐出又吞进
肃静的神谕终夜不停
邃蓝的高穹下一顶草帽
白烛插在帽檐的四周
一座崇拜的小祭坛，举向
赫赫当头的全部天启
百年前的今晚，你的目光
曾经升入这一片星光
永不熄灭的煌煌天市

一场永不落幕的盛典

敞向台下一代又一代

来去太匆匆的观众

不，那夜只有你一人

山底的小镇在星光下

全睡着了，只有教堂举起了塔尖

坡上的柏树挥舞着绿焰

陪你的烛光一同祈祷

正如百年后我们的目光

也升入这一簇星光，文生

跟随你一同默祷

1990.4.5

荷兰吊桥

——梵高百年祭之二

一座铿铿的吊桥，缆索辘辘
连接小运河的两岸，当初
你就是从此地过河
走向一盏昏黄的油灯
去找围坐着一张小桌子
吃马铃薯的那一家农人吗？
你真的这么走过桥去
走向不能爱你的女人
走向深于地狱的矿坑
走向娜莎的惊呼，高更的冷笑
手里亮着带血的剃刀
走向疯人院深邃的长廊
向回不了头的另一世界
走向闷热的拉马丁广场
走向寂寞的露天酒座
和更加寂寞的星光，月光

七月来时，走向田野的金黄
向骚动的鸦群，汹涌的麦浪
为何你举起的一把
不是画笔，是手枪？

那一响并没有惊醒世界
要等一百年才传来回声
于是五百万人都挤过桥去
去挤满旅馆，餐馆，美术馆
去蠕蠕的队伍里探头争看
看当初除了你弟弟
没有人肯跟你
过桥去看一眼的
向日葵
鸢尾花
星光夜
那整个耀眼的新世界

1990.4.6

向日葵

——梵高百年祭之三

金发橘面，仰向七月硫黄的天空
菊花族的家谱里，唯你
酷似你阳刚的父亲
大气炎炎下有谁竟敢
正面逼视赤露的太阳？
那赫赫的光彩令人盲目
从一团大火球轰顶射来
　愈转愈快
你奋张狮鬣的姿态
俨然烙自日轮的母胎

出自泥土，却向往着天空
只因那是辉煌的所在
光，就从那上面泻来，为你
为世界带来满光谱的亮色
你是再挣也不脱的夸父

欲飞而不起的伊卡瑞斯

每天一次的轮回

　从曙到暮

扭不屈之颈，昂不垂之头

去追一个高悬的号召

烈士的旗号，殉道者的徽章

从晨曦金黄到晚霞橙赤

那人在他的调色板上

调出了你的面容，也是

他自己的画像，只因他

从北国之阴到南方之晴

为了追光，光，壮丽的光

　转面，扭颈

一头赤发的悲哀与懊恼

被同样的烈焰烧焦

1990.4.7

在我们这时代

在我们这时代，没有气象台
能高过气候，没有钟楼
能敲打时间，在尘埃与万籁之上
清越而且准确。那地震仪
早已震坏，被上次的大地震
于是任何地震都不再有记录
而没有记录，气象台说
就等于毫无灾害，而气象台
怎么说的，气象就那样安排
在我们这时代，没有一座楼
不是危楼，没有一座塔
不是斜塔，向古代，无助地倾斜
多鸟粪的檐下蹲着乞丐
老的，捉完了虱子骂完了孩子
寂寞在眼中陷得更深
于是许多假牙反刍胃酸和记忆
重庆的山洞，卢沟桥的炮声

和战前的好日子。年轻的一代
想另一个大陆；流亡潮吗
让它去冲打香港，留学潮必须
去冲打美国，更芬芳的海岸
留下中年的我们，旧大陆
的日子不美，新大陆
没有我们的日子，麻将桌上
没有我们的位子
托福不是我们的考试
诞生，在两次大战的齿间
没有战后，无所谓战前
委委屈屈，畸形地长大
长大了，但一直没有长成
灵魂的气象史上，经常保持
至少，两个台风的威胁
历史的恶作剧，这就是
历史，一个龌龊的笑话
上一代，拿我们来开心
下一代，下一代被我们

晚云烧，多风的岛，岛上的黄昏

在一张讣闻的背后，狠狠地，我写

——在我们这时代

五行无阻

《五行无阻》是我的第十七本诗集，是一九九一年到一九九四年之间所作。

一九九二年九月，我应北京社会科学院外文研究所之邀，去北京访问一周。隔了四十三年，那是第一次回到大陆，却不是回乡，因为小时候从未去过北方。所以站在街边的垂柳荫下，怔怔望着满街的自行车潮，不知道应感到熟悉还是陌生。北京人问我感觉怎样，我苦笑说：“旧的太旧，新的太新。”旧的，是指故宫；新的，则是指满街的台港饭店和合资大楼；我神往已久的那些胡同却不见了。

北方虽非我的故乡，却为汉魂唐魄所寄，是我祖先的祖先所耕所牧，所歌所咏，广义而言，久已成为整个民族的故土古都，不必斤斤计较、追溯谁何的家谱了。所谓乡愁，原有地理、民族、历史、文化等等层次，不必形而下地系于一村一镇。地理当然不能搬家，民族何曾可以改种，文化同样换不了心，历史同样也整不了容。不，乡愁并不限于地理，它应该是立体的，还包含了时间。一个人的乡愁如果一村一镇就可以解，那恐怕只停留在同乡会的层次。真正的华夏之子潜意识深处耿耿不灭的，仍然是汉魂唐魄，乡愁则弥漫于历史与文化的直经横纬，而与整个民族祸福共承，荣辱同当。地理的乡愁要乘以时间的沧桑，才有深度，也才是宜于入诗的主题。

今年重九是我七十足岁的生日，《五行无阻》选在这清秋佳节出书，可谓自力更生，该是一位诗人，不，诗翁，最好的自寿方式了。更进一步，重九这一天我还要在九个报刊上发表今年刚写的九篇新作，以证明老而能狂，虽然挥霍了一点，放的却是自备的烟火。

不必登高，也能赋诗。我要告诉仙人费长房说："诗，是我的辟邪茱萸，消灾菊酒。"

余光中

1998 年 8 月于西子湾（摘录）

五行无阻

任你，死亡啊，谪我到至荒至远
到海豹的岛上或企鹅的岸边
到麦田或蔗田或纯粹的黑田
到梦与回忆的尽头，时间以外
当分针的剑影都放弃了追踪
任你，死亡啊，贬我到极暗极空
到树根的隐私虫蚁的仓库
　也不能阻拦我
回到正午，回到太阳的光中
或者我竟然就土遁回来
当春耕翻破第一块冻土
　你不能阻拦我
从犁尖和大地的亲吻中跃出
或者我竟然就金遁回来
当鹤嘴啄开第一块矿石
　你不能阻拦我
从刚毅对顽强的火花中降世

或者我竟然就木遁回来
当锯齿咬出第一口树浆
　你不能阻拦我
从齿缝和枝柯的激辩中迸长
或者我竟然就火遁回来
当霹雳掷下第一闪金叉
你不能阻拦我
从惊雷和迅电的宣誓中胎化
或者我竟然就水遁回来
当高潮激起第一丛碎浪
你不能阻拦我
从海啸和石壁的对决中破羊
即使你五路都设下了寨
金木水火土都闭上了关
城上插满你黑色的战旗
也阻拦不了我突破旗阵
那便是我披发飞行的风遁
风里有一首歌颂我的新生
　颂金德之坚贞

　颂木德之纷繁

　颂水德之温婉

　颂火德之刚烈

　颂土德之浑然

唱新生的颂歌，风声正洪

你不能阻我，死亡啊，你岂能阻我

回到光中，回到壮丽的光中

1991.9.25

登长城

——慕田峪段

东尽沧海，西走天涯
迢迢两千多公里的边愁啊难道
就凭这无情的花岗石砖
长方形的乡心沉沉甸甸
一块又一块接了又叠
这么斜而又陡地砌起来么?
砌城的手啊，多茧的，早已放手
守城的眼呢，少寐的，也已瞑目
不知道当年戍卒的朝朝，暮暮
是逆风北眺狼烟的边警?
是回首南顾梦里的闺情?
只知道再长的城墙，再厚的砖
挡得住胡马挡不住流年
不再是边关远寨了，不再
是盔甲对抗弩箭的战争
纵雉堞严整，那许多前朝旧代

两千年的患得患失，通通
从垛口的缺口无奈地流去
只留下了你，烽火寂寂，戍楼空空
仍蟠在万山的脊上，一条
飞不走游不去的古龙
一面奇长无比的巨碑，见证
我祖先的忧患和辛苦，多少血泪
纪念那许多守将与边卒
倚也倚不断千里的栏杆
磨也磨不穿顽固的狱壁
只留下这一条拉链的神奇
从战国的那头锁到现今

“买一件纪念品吧。”那小贩
蹲在墙角招呼着游客
招呼白发登城的我
“不用了。”我应他以苦笑
凭历劫不磨的石砖起誓
我不是匆匆的游客，是归魂

正沿着高低回转的山势

归来寻我的命之脉，梦之根

只为四十年，不，三千里的离恨

比屈原更远，苏武更长

这一块一块专疗的古方

只一帖便愈

1992.9.26

风筝怨

无论是深秋的泰晤士河堤
或是戒严的北爱尔兰街上
无论是苏格兰高寒的古堡
或是半浸在翡翠的暖洋
听里约热内卢慵懒地哼着
葡萄牙的音调，一首浪歌
游兴的另一端总是系在
脉脉睇过来，你的眼神
只因有你在地上牵线
才能放我到天外飘浮
这样的一念相牵，鸟所不见
是传音入密的越洋电话
无须那样地形而下，劳动
十孔转盘或十粒按钮
沿着袅长的北纬或东经
彼端的一提一引，即便是最轻
都会传到脆薄的游魂

云上孤飞的冷梦，何时醒呢？

风太劲了，这颗绷紧的心

正在倒数着归期，只等

你在千里外地收线，一寸一分

1992.12.10

缪斯

绝非另有企图的政客
也非见异思迁的浪子
绝非海誓无边的口惠
更非不举或不坚的无能
轻易赢得了你粲齿一笑
或者更有幸，凭一线天机
能亲眼惊艳完美的裸裎
不，轻狂与急躁都不可能
除非是甘愿长为你独身
纵使桂枝桂叶被攀尽
也赶不走这白发情人

1993.7.28

无缘无故

无缘无故地笑一笑
人类已经太苍老
美丽的禽兽快灭种
世界的屋顶破了个洞
晴天怕太阳会有毒
阴天怕酸雨落头上
他们说冷战已结束
为何我仍然很紧张
为何有人打高尔夫
而我们挤成蜗牛族
为何从头条到末版
报纸愈读愈不堪
当一切诺言都是谎
选谁不选谁都一样
一样都荒唐，我只好
无缘无故地笑一笑

1994.6

高楼对海

《高楼对海》是缪斯为我诞生的第十八胎孩子，也是高雄为我接生的第四本诗集。

取名《高楼对海》，是纪念这些作品都是在对海的楼窗下写的，波光在望，潮声在耳，所以灵思不绝。来高雄将近十五年，我一直定居西子湾中山大学的教授宿舍，住在甲栋四楼，无论靠着阳台的栏杆，或是就着书房的窗口，都可以越过凤凰树梢，俯眺船来船去的高雄内港，更越过长堤一般的旗津，远望外面浩阔的海峡。我的办公室在文学院四楼，西子湾港口的堤防和灯塔，甚至堤外无际的汪洋，都日日在望。高雄气候晴爽，西望海峡，水天交界的那一线虚无，妙手接走的落日，一年至少有两百多个。那正是大陆的方向，对准我的童年，也是香港的方向，对准我的中年；余下来的岁月，大半在这岛上度过，就像寿山、柴山一样，在背后撑持着我。十五年来如此倚山面海，在晚年从容回顾晚景，命运似乎有意安排这壮丽的场景，让我在西子湾“就位”。

无论如何，这寂对海天的场景，提供了我诗境的背景，让我在融情入景的时候有现成的壮阔与神奇可供驱遣，得以事半功倍。当然海峡就横陈在那里，人人得而咏之，就像江峡就隐藏在那里，人人得而探之。只是在杜甫之前，江峡一直无主，杜甫之后，就收入他的句中，为他所有了。为诗人所有之后，也就为天下的读者所有了。

《高楼对海》里的作品都是一九九五年到一九九八年之间所写，真真是告别上个世纪的纪念了，也借以纪念我写诗已达五十周年。五十年前，我的第一首诗《萨福投海》写于南京，那窗口对着的却是紫金山。好久好远啊，少年的诗心。只要我一日不放下这支笔，那颗心就依然跳着。

余光中

2000 年 3 月 22 日于左岸（摘录）

十八洞以外

——高尔夫情意结之三

把我用过的稿纸全拼起来
怕也盖不满
你那片骄翠的球场

但是我笔尖到过的地方
你那只洁白的小球
也无法梦想

尽管满袋子都是高球证
也未必保证
进得了青史，更莫提天堂

小心了，否则你显赫的名字
有一天落进
我诗句的小注里，沦为僻典

而白球呢滚入了野草深处

就算出动全部的椿脚

也遍寻不着

1995.2.28

抱孙女

降世才七天，七磅的小生命
两手握拳，弯弯的细脚
从襁褓里斜伸了出来
一排豆大的脚趾，整齐而细致
更细致的趾甲看得我眼花
只好把眼镜脱下，凑近去端详
这无辜又无助的睡态
是胎里的蜷伏所带来
乌亮的湿发枕在我臂弯
奶瓶刚刚吮过，正怡然，恬然
偎在我怀里睡去，稚嫩的眼睑
合成安详的一线，无梦之眠
该无焦虑的压力吧，更无记忆
只偶然半睁开惺忪，黑白分明
瞥我一眼，立刻又阖上
更偶然，会绽开满脸笑容
全无意识，却也会牵动

恁小的一个酒窝，尽管如此
从雏幼的脸上已可窥识
她母亲小时的秀气，肤上
胎红渐褪了，露出白皙
但我早非当年，那少壮的父亲
这世纪，也已非当年的光彩
倒数声中，二十一世纪
正橐橐向我们迈来，迎接的
不是抱她的祖父，是这婴孩
而凭我，一头风霜的见证
这消逝的世纪并不快乐
风灾与地震，恶疾与战争
神话要领走美丽的禽兽
传说要收回清澈的江海
紫外线和酸雨当头袭来
这世纪，不比上一个世纪快乐
也不敢妄想，下一个会更可爱
这世界，还是不来的为妙
你会有许多玩具，豪贵而精巧

但人类已经太早熟，并不好玩
童年是愈来愈短，愈不像童年
更不能奢望会像童话
世故催天真赶紧长大
一切已太迟，无论我怎么劝阻
都挡不住你了，几星期前
你已经学会了翻筋斗
在幽昧的羊水里，你早就
像马戏的艺人，拳打脚踢
要挣脱脐带，告别母胎
出来看你崭新的世界，世纪
却看见了我，视而未睹
也不会记得，就在第七天
你曾经单独地陪着祖父
还没有满月呢，当窗外
纽约的盛暑正曳着蝉声
隔着枫树犹翠的风凉
臂上托着你天真的七磅
心头却压着更沉的重量，为了

海峡的惊涛捣打着两岸
飞弹正啸着不安的风声
俯望这新生命在我的老怀
正甜甜地入睡，把一切
都那样放心地交托了给我
奶香与溺臭，体温与脉搏
匀称的呼吸隐隐起落
你那样相信我，而我
却这样不相信你，不信你
会逢凶化吉，自有福分
原谅祖父吧，这忧患的老人
而且用你坦然的卧姿
和满有把握的小小拳头
说服我，说，这世界虽有千般的不是
却把你啊小乖乖，带给了我
一个奇迹，一个恩宠
一则神话，证明有神明
一个无忧无虑的女婴
无畏一切地降临这乱世

且睡得如此安静而深沉

成人的噩梦无法惊扰

那睡姿，如此原始又如此童稚

千灾百害都近不了身，似乎在说

“未来是我的，你不用担心”

——于是我手中抱的

不再是猜疑，是希望

满满的一怀呢，整整七磅

1995.9.3

母难日（三题）

今生今世

今生今世
我最忘情的哭声有两次
一次，在我生命的开始
一次，在你生命的告终
第一次，我不会记得，是听你说的
第二次，你不会晓得，我说也没用
但两次哭声的中间啊
有无穷无尽的笑声
一遍一遍又一遍
回荡了整整三十年
你都晓得，我都记得

矛盾世界

快乐的世界啊

当初我们见面
你迎我以微笑
而我答你以大哭
惊天，动地
悲哀的世界啊
最后我们分手
我送你以大哭
而你答我以无言
关天，闭地

矛盾的世界啊
不论初见或永别
我总是对你大哭
哭世界始于你一笑
而幸福终于你闭目

天国地府

每年到母难日

总握着电话筒
很想拨一个电话
给久别的母亲
只为了再听一次
一次也好
催眠的磁性母音

但是她住的地方
不知是什么号码
何况她已经睡了
不能接我的电话
“这里是长途台
究竟你要
接哪一个国家？”

我该怎么回答呢
天国，是什么字头
地府，有多少区号
那不耐的接线生

咔嗒把线路切断
留给我手里一截
算是电线呢还是
若断若连的脐带
就算真的接通了
又能够说些什么
“这世界从你走后
变得已不能指认
唯一不变的只有
对你永久的感恩”

1995.11.5

成都行

入蜀

也不用穿栈道
也不用溯三峡
七四七只消一展翼
便扫开千里的灰霾如扫开
半世纪深长的回忆
把我仆仆的倦足
轻轻放下，交给了成都
我入了蜀

辣喉的是红油
麻舌的是花椒
大曲酒只消一落肚
便扫开岁暮的阴寒如扫开
半世纪贪馋的无助
把我辘辘的饥肠
熊熊烧烫，交给了火锅
蜀入了我

出蜀

七四七忽然发一声长啸
猛撼诸天惊骇的云层
便赫赫轰轰纵上了青霄
壮烈的告别式
就用如此断然的手势
把我拔出这盆地，这天府
把无鸟噪晨无猫叫夜的古都
把无犬吠日也无日可吠的蓉城
把满城的茶馆，火锅店，招牌
把满街的自行车，三轮车，货车，面的
把法国梧桐，银杏树，金黄的秋叶
把草堂，武侯祠，三苏祠，二王庙
仰不尽的对联，跨不完的门槛
一炷香自在地上升，流芳了千年
怕什么风吹呢什么运动?
把乐山的大佛，都江堰的雪水
把峨眉到玉垒，古今的浮云
把巴金的童年，李白的背影

把一万万巧舌的巴腔蜀调
大摆其龙门阵，不用入声
滔滔不断如四川南注长江东流
把三分国，八阵图，蚕丛的后代
把久别的表亲，七日短聚
把送行的蜀人，挥手依依
这就么绝情地一摇机翼
全都抖落，唉，在茫茫的下方
但一缕乡思却苦苦不放
一路顽固地追上了天来
且伴我越大江，凌云贵，渡海峡
先我抵达了西子湾头
只待我此岸独自再登楼
冒着世纪末渐浓的暮色
隔海，隔世，眷眷地回首

1996.11.30

高楼对海

高楼对海，长窗向西
黄昏之来多彩而神秘
落日去时，把海峡交给晚霞
晚霞去时，把海峡交给灯塔
我的桌灯也同时亮起
于是礼成，夜，便算开始了
灯塔是海上的一盏桌灯
桌灯，是桌上的一座灯塔
照着白发的心事在灯下
起伏如满满一海峡风浪
一波接一波来撼晚年
一生苍茫还留下什么呢？
除了窗口这一盏孤灯
与我共守这一截长夜
写诗，写信，无论做什么
都与他，最亲的伙伴
第一位读者，就近斟酌

迟寐的心情，纷乱的世变
比一切知己，甚至家人
更能默默地为我分忧
有一天，白发也不在灯下
一生苍茫还留下什么呢？
除了把落日留给海峡
除了把灯塔留给风浪
除了把回不了头的世纪
留给下不了笔的历史
还留下什么呢，一生苍茫？
至于这一盏孤灯，寂寞的见证
亲爱的读者啊，就留给你们

1998.2.2

老来多梦

老来多梦，不知道有什么象征
不知要怪床或是怪枕
怪枕头太短而夜太长
怪枕头太软而头颅太硬
怪床头没有把北极对准
令磁场不正，而床沿的方向
也没有配合汹涌的海峡
怪墙头的名画令人不安
睡前更不该读尼采，叔本华
令床伴不胜其烦，嗤我
不过是庸人自扰吧，与什么
磁场啦哲学啦有何关
说罢一翻身，背对着我
继续做她的至人无梦
我调整了枕头，移了床位
把墙头的达里换了达·芬奇
睡前改看平庸的社论，或者

金石堂银石堂叮当的新书
却依然多梦，乱吃吞吐
有时更砉砉磨牙，把床伴
无辜的黑甜之乡咬成
锯齿龃龉的不规则形状
真是愧对娇妻了，却又不能
滥用同床异梦的成语，只因
她一夜沉酣根本就无梦
情况始终无起色，也没有
听她的劝勉去心理治疗
若是少年的绮梦啊遗迹斑斑
或是圣人的噩梦，关系
帝国的兴亡，也许还值得
去躺在昂贵的催眠榻上
或求助占星术，转动水晶球
或翻遍弗洛伊德的名著
我梦的无非是一些小杂魇
何曾有什么英雄气盛
或儿女情长，上则不配

入悲剧或史诗，下又不足
探讨离奇的神经病史
凡我所爱的面孔或景观
母亲的慈颜，童年的玩伴
嘉陵江边古陋的小城
江南运河多桥的水乡
始终都不肯为我入梦来
醒时的苦念梦中不补偿
却牛鬼而蛇神，鸡零而狗碎
出没无常来祟人梦乡
追记，却从来说不清楚
只觉得幻境咄咄逼人
一翻身便忘了，再翻身
鱼肚已经翻出了黎明，正如
走私的珠宝无论多琳琅
都难过严关的边境

1998.2.8

风声

你问我什么音乐最耐听
当然是寂静，我说，无边的寂静
至上的耳福是听域透明
当聒噪都已淀定
其次是风声，远从世界的尽头
无端地吹来，尤其在日落时分
令整个海峡都为之振奋
那呼啸的高调再三强调
一个单调的快调，所向披靡
庞然沛然的大气扑来，磅礴无比
那是造化在吐纳，神在运息
鼓励我肺叶飘飘，若风筝要跃起
令人兴发，猜想那一股元气
卷地而来，要扫尽沉沉的暮气
必然隐带着天机，似乎要诉说
一个故事，比人类更苍老
当传说与宗教尚未开端

天地初分，阴阳蠢蠢
大野一任这飒飒单调
用强调的高调日夜呼啸
催一个阵痛的星球诞生
那原始的喉音，唇音，齿音
究竟预警怎样的命运
世纪将尽而先知不来
后知嘈嘈而天启不开
凡耳如我又岂能妄断？
但海浪翻白显然已听懂
不然何以都激昂而奋飞
却飞腾不去，只能轮番地鞭打
几乎淹没的灯塔与长堤
连我面海的高窗轧轧
也都不放过，若非
我及时推椅，关窗
这薄薄的诗稿早随飙飘去

1998.2.26

藕

我这一生，自从写诗以来，只要一连三月无诗，就自觉已非诗人。诗意之来，有如怀孕，心动有如胎动，一面感到压力，一面又感到希望，可谓甜蜜的负担。我写散文，几乎不用修改。写诗则不然。改诗，正是诗人自我淬砺的要务。所谓修改，就是要提升自己，比昨天的我更为高明，同时还要身外分身，比昨天的我更加客观：所以才能看透自己的缺失，并且找到修正的途径。

我的诗体早期由格律出发，分段工整。到《莲的联想》又变成每段的分行长短相济。《敲打乐》在分段分行上自由开阖，又是一变。后来把中国的古风与西方的无韵体融为一体，从头到尾连绵不断，一气呵成，这对诗人的布局与魄力是一大考验。无论写分段或不分段的诗，我常会自限每行不得超过八个字，而在六字到八字之间力求变化。其利在于明快有力而转折灵便。

诗艺乃终身的追求，再杰出的诗人都有精进的空间。

余光中

2008 年 7 月于左岸（摘录）

神

天葬

每次听人说什么金属疲劳
就想到自己这脊椎
一株不甘的甘蔗
瘦瘦地，孤立在天地之间
每次听人说什么金属疲劳
就想到自己这脊椎
一株不甘的甘蔗
瘦瘦地，孤立在天地之间
好歹也撑了七十几年
对下要抵抗大地的拖引
地之间
好歹也撑了七十几年
对下要抵抗大地的拖引
对上，要招架大地的低压
还外加一个硬头颅，繁重无比
腰呢也不免时而弯下
所以打一个呵欠啊，偶然
委曲的神经才得舒展

让恶梦的蝙蝠一闪飞去
而无论这一柱龙骨多坚贞
金属的意志啊有多顽强
超重的岁月要几时才放手?
不禁向往高亢的西藏
有一天，当生命回到起源
当贪嗔的诗句都收割清楚
只剩下缩水这一截甘蔗
用皎白的高原，整座，做祭台
顶着厉啸欺耳的冰风
赤条条此身还给造化
别小看这一架瘦骨嶙峋
经不起天降兀鹰
用利喙再三挑剔
要令畏我者发抖
且令笑我者肃静
要令爱我者不忍
且令恨我者称心
这却是最冷峻的葬礼

1999.7.15

草堂祭杜甫

见证

一千三百年足以见证
安史之乱最憔悴的难民
成就历史最辉煌的诗圣

草堂

漂泊在西南的天地间
草堂怎能比得上宫殿
草堂不能为你蔽风雨
宫殿又岂能挡住胡骑
当所有的宫殿都倒下
唯有草堂巍立在眼前
草堂，才是朝圣的宫殿

秋祭杜甫

乱山丛中只一线盘旋
历尺穿险送你来成都
潼关不守，用剑阁挡住
蜀道之难，纵李白不说
你的麻鞋怎么会不知

好沉重啊，你的行囊
其实什么也没带
除了秦中百姓的号哭
安禄山踏碎的山河
你要用格律来修补
家书无影，弟妹失踪
饮中八仙都惊醒成难民
浣花溪不是曲江
却静静地绕你而流
更呢喃燕子，回翔白鸥
七律森森与古柏争高

把武侯祠仰望成汉阙
万世香火供一表忠贞
你的一炷至今未冷
如此丞相才不愧如此诗人

草堂简陋，茅屋飘摇
却可供乱世歇脚
你的征程更远在云梦
滚滚大江在三峡待你
屈原在召你，去湘江
一道江峡你晚年独栖
雉堞迤逦拥你在白帝
俯听涛声过峡如光阴
猿声，砧声，更角声
与乡心隐隐地呼应
夔州之后漂泊得更远
任孤舟载着老病
晚年我却拥一道海峡

诗先，人后，都有幸渡海
望乡而终于能回家

比你，我晚了一千多年
比你，却老了整整廿岁
请示我神谕吧，诗圣
任你无所不化的洪炉里
我怎能炼一丸新丹

2006.8.29

火葬

有罪的是我贪嗔的肉身
无辜的是我转世的灵魂
女娲阴阳的洪炉里，投我
让极光煽动骇目的烈火
把仓颉的方砖重新修炼
来补共工撞破的恨天

2006.12.17

太

阳

点

名

《太阳点名》是我此生出版的第二十本诗集，“江郎才尽”之咒语，多谢缪斯，始终未近吾身。

唐诗神游有点像论诗绝句，却又不是。我读半生，老而更好。辑中这些小品，或是顺着某首名作之趣更深入探索，或是逆其意趣而作翻案文章，或抒发古人之诗艺竟暗通今人之技巧，或以画证诗，或贯通中外，总之以唐人为师，攀唐人为知己，其实都是抱着 homage 的敬爱心情，不敢对那些天才无端唐突。

第三辑的《长诗》因为美加上宗教的感动而自动挥笔。

余光中

2015 年 2 月 7 日于西子湾（摘录）

思华年

——赠吾妻我存

最初是你无忧的绮年
交错编成无猜的长辫
用你的乌丝
我的情丝

后来用圆满的金戒指
幸福最小巧的直径
套你的修指
我的钝指

也曾将珍珠串成银链
悬在你白皙的胸前
雨珠滴阴天
露珠闪晴天

你也觅得灵异的碧玺
缀成祥瑞，随身可携

化你的祈福
作我的护符

且莫嘲弄我多么衰老
双臂张开，还能够拥抱
像太阳拥着火冕
像月亮拥着风晕
像土星拥着光环
像木星拥着
缤纷的十六颗卫星
那样地将你拥抱

那四个女儿呢，你问
珊珊
幼珊
佩珊
和季珊
我一笑指向澳洲外海
那一列清澈的珊瑚礁

2010.5.27

登鹳雀楼

白日，已落到山后
黄河，前浪早入了海
至于后浪，源自雪水
还有的流呢，千年万代
你真要上楼去望远吗
就让我陪着你吧
像穿越电影那样
你带我去指点盛唐
我带你，唉
去回顾二十一世纪

2013.4.22

枫桥夜泊

寒山寺被姑苏城
关在了城外
已经夜半
却关不住钟声清远
荡过水面的空阔
直到夜泊船客的耳边
一怔间，只惊于月落
乌啼霜满天，几点
失眠的渔火，对着
同样无寐的枫桥
真被催眠的却是我们
千年后就着灯光
为何永远被祟
在一首绝句的现场

癸巳年正月初二

读《八阵图》

大斧劈劈出的
二十个方块汉字
给你削成了四行
平仄有呼应
虚实更互补
我一入就不再能出
岂不也是
另一种八阵图
撒豆成兵
布字为阵
大江滔滔
淘不空一首五绝
只留下这些顽石
岁月徒绕着空转
再挽也不回的石磨
把历史磨成传说

2013.3.1

下江陵

白帝乍发的一箭
不用拉纤
何需操橹
惊动两岸的猿猴
再鼓噪也止不住
海拔陡降怎算得出
动员李可染一排排峭壁
再拦也难阻
管他巫山巫峡
那一串串的典故
李白在船上耶
舵尾侧侧转转
浪头起起伏伏
不到云梦大泽
那气势怎煞得住

2013.6.9

卢舍那

想当初江湖满地，鳞鳞蛟龙
大禹疏洪，鬼斧神工
把郁郁磊磊从中劈开
让伊水自在向北面流来
要等多少劫数啊岩壁
才有幸雕磐作龛，刻骨成佛
接受胡汉五体的罗拜
想达摩东来，玄奘西征，一张地图
摊成几千里丝路牵引
才牵来多少队骆驼络绎
驼铃摇醒中亚的岑寂
蹄印纵横，一步一陷坑
早被风沙一层层掩埋
留下斑斑这龙门古迹
上面是柏树林勃勃，天机不改
下面斜行着地质露筋，远看
像一片蜂房参差，近看

有深有浅，各有各的玄秘
只要有佛，哪怕只高三厘米
每一壁也自成一龛洞天

两千多神龛供着十万尊佛像
又似在户内，又似在露天
都对着伊河粼粼，坐西
朝东，其中有一龛与天相通
洞里朝廷的气象，巍巍拱着
一佛，二徒，二菩萨，二天王
二金刚；至尊坐镇在中央
左右贤徒是近身的弟子
大弟子迦叶，肃穆苦行僧
阿难多闻善记，廿五载随行
仍然对称，左文殊，右普贤
不乘青狮或白象，只能陡侍
再左右依次是天王，力士
夜叉佝偻在脚底，负重呻吟
如此排场，两侧供奉着谁

谁才配中间坐在主位
除非卢舍那，佛陀的化身

卢舍那，佛陀修炼成正果
华严净满，光明乃能普照
背负着圆光，火焰纹升腾
只见他，宽额丰颊，螺髻高戴
眼睑微垂着慈祥，目光
隐隐，俯接信徒的仰望
至于佛身，通肩的衣纹
弧线浩浩若涟漪展圈
双手已断于岁月，但手势
引拒之间，施无畏或与愿
仍可想见。九尊石灰岩像
卢舍那居中，崇逾十七米
嵯峨相当四层的高楼
文殊，普贤十三米，二徒，二天王
二金刚，各为十米，俨如重臣
侍帝王于朝廷，当旭辉

自香山背后凌伊水照来
奉先寺这一窟巨龛，坡半
高据，横阔又纵深，拾长阶
百级而更上，不胜其优势
香客尚不及莲座，抱佛脚
是妄想，攀佛膝更不能
唯卢舍那的眼神将我们
已摄住，那神秘的磁场
降吧，再回神已莫能
史家说，是唐咸亨三年
高宗与武后乾坤共政
起建龙门这浩大的工程

多达二万贯是武后所捐
原是她自己的脂粉钱
这豪举不免引起了传说
说匠师挥锤敲凿的法相
难免暗传武后的风姿
三年后，神工终毕于一龛

耳长近二米，只算是常规
但眉弯新月，杏眼修长
几乎要入鬓，竟双倍于唇宽
几令我忘记俯临吾身
是佛陀的报身，而非才人
妙手的雕师啊，雌雄同体
竟叠合了天人于一瞬

武则天姓武，性却近文，施政
叵测，临朝却露出真性
在龙门东山建寺落成
率众臣方顶礼，忽嗅到
芬芳袭人，为山多香葛
名山为香山，并命众臣
赋诗以志庆，先成者赏锦袍
左史东方虬最先，即得袍
领赏回席未定，宋之问
继献所作，文采可观
武则天读而悦之，即刻

夺回东方虬手中锦袍
改赐了次交的宋之问

千五百年前，如此奇女子最
自为天下所不容，政体
唯伦理，都被她一扫而开
徐敬业兵起，骆宾王草檄
理直气壮，数尽了她的罪名
道观，佛堂，后宫，前殿司
赢才人，昭仪，皇后，周帝
任由她出入，来去
龙子龙孙，任由她废立
男女之大防，任由她取舍
欲断唐祚，却尊李耳为真经
杀人不怯，却自命弥勒降世
天纵聪明，兼容这许多矛盾
十恶不赦，偏如此爱才知人
能诗能文，遗作竟不传后
惊世骇俗，遗容竟托佛相

而不朽。可惜我来迟了
迟来了足足十五个世纪
啊不，与此人同朝共代
未必能避灾：哀哉！善哉！

但隔着时光如伊水迢迢
伊水不回头而青山常在
功过且归历史，名胜等待远客
象教自能推佛法，色空何曾空
都说大乘西来，此乃东方美
之典型，想起了米罗女神
同样可惜都缺了双臂
别具不完美之美，想起
蒙娜丽莎，不知要瞒些什么
笑意盈盈神秘到现今
想起菩萨来中土，空净之中
常含着一涟笑意，解严了
眼神与唇态，像难以捉摸
（佛曰不可说）的倒影

偶然，历史也会眨一眨眼睛
难说究竟是有意或无心

2014.6.26

余光中（1928—2017）

诗人、散文家、翻译家、文学评论家，一生从事诗歌、散文、评论、翻译等文学创作，自称为写作的四度空间。从二十世纪到二十一世纪，余光中的作品对现代文学的影响非常深远，遍及海峡两岸以及广阔的华人世界。

乡愁：余光中诗歌

产品经理 | 杨子铎　扈梦秋
装帧设计 | 马　娴　杨　慧
产品监制 | 来佳音
责任印制 | 刘　淼
技术编辑 | 丁占旭
出 品 人 | 路金波

图书在版编目（CIP）数据

乡愁 : 余光中诗歌 / 余光中著. -- 上海 : 上海文艺出版社, 2020
ISBN 978-7-5321-7792-9

Ⅰ. ①乡… Ⅱ. ①余… Ⅲ. ①诗集－中国－当代
Ⅳ. ①I227

中国版本图书馆CIP数据核字(2020)第171094号

本书由台北九歌出版社有限公司授权
项目合作：锐拓传媒 copyright@rightol.com

出 版 人：毕 胜
责任编辑：崔 莉
特约编辑：杨子铎 扈梦秋
装帧设计：马 娴 杨 慧

书 名：乡愁：余光中诗歌
作 者：余光中
出 版：上海世纪出版集团 上海文艺出版社
地 址：上海市绍兴路 7 号 200020
发 行：果麦文化传媒股份有限公司
印 刷：天津丰富彩艺印刷有限公司
开 本：787mm×1092mm 1/32
印 张：10.5
字 数：100 千字
印 次：2020 年 11 月第 1 版 2020 年 11 月第 1 次印刷
印 数：1-12,000
I S B N：978-7-5321-7792-9 / I·6190
定 价：59.00 元